ANDREAS NOHL

AMAZONE UND SATTELMACHER

Erzählungen

Langewiesche-Brandt

Memorandum
7

Arche
16

Erlebnisbericht
33

Handschins Karriere
44

Deutsche Bucht
63

Entzweit
70

Zur Untermiete
80

Empfängnis
89

Amazone und Sattelmacher
103

MEMORANDUM

Robert stand in einem hellen kleinen Pavillon, eine Frau in
weißem Kittel saß vor ihm und überragte ihn um Kopfes-
höhe. Sein Ärmel war aufgekrempelt, und die Frau schmier-
te mit zwei länglichen Fingern die krankmachende Salbe
auf seinen Unterarm.

«Die Salbe zieht ein», sagte die Frau und klebte ein Pflaster darüber.

«In einer Woche kann man sehen, ob sich unter dem
Pflaster Pickel gebildet haben», erklärte sie. «Dann hast du
eine ansteckende Krankheit, aber das ist sehr unwahrschein-
lich.»

Robert starrte die Frau an und wunderte sich dunkel.
Warum wollte sie ihm eine picklige Krankheit auf den Arm
hexen?

«Alle Kinder bekommen die Salbe», sagte die Frau.

Robert durfte nicht an dem Pflaster spielen. Er sah auf
den Ärmel, unter dem langsam eine Wunde entstand. Er
hielt seinen Arm steif neben sich. Seine Haut brannte an der
Stelle, wo die Salbe aufgetragen war. Sie roch wie das Krankenhaus. Vor vielen Jahren war er für ein paar Wochen im
Krankenhaus gewesen. Er wußte nicht weshalb. Er hatte
zum ersten Mal die weißen Lichter der Stadt gesehen und
vor Staunen immerzu gerufen: oh Mama, so viele Lichter.
Dann hatten ihn seine Eltern verlassen, und er hatte ge-

schrien. In dem Saal hatten viele Betten mit Gitterstäben gestanden. Robert hatte von morgens bis abends den rosaroten Geruch der Salbe gerochen und gewuppelt. Wuppeln war eine Erfindung von ihm, er wälzte sich, wenn er im Bett lag, unaufhörlich von der einen zur anderen Seite, bis er alles vergaß. Manchmal erschien eine Frau und sagte etwas in beruhigendem Ton. Robert hatte von ihr ein kleines, aufziehbares Blechhuhn bekommen, das mit dünnen Beinen auf der Fensterbank spazierte. Nach einer Weile wurde es langsamer, fiel um und kratzte mit seinen lahmen Füßen in der Luft. Dann fing Robert jedes Mal an zu weinen und fing wieder an zu wuppeln. Er hörte das Rauschen des Bettzeugs, es klang wie Sturm oder Seewind. Er durfte nicht anhalten. Eines Tages fragte ihn seine Mutter: was machst du da, und er rief: ich wuppel. Er konnte seine Mutter zum Lachen bringen, indem er das sagte.

Seine Mutter war eine schöne stolze Frau mit einem schönen stolzen Gesicht. Robert liebte sie fast so sehr wie das Kindermädchen. Das Kindermädchen hieß Kickeil. Sie war verwaist und kam aus dem Schwarzwald, und einmal, als sie ihn nach dem Mittagsschlaf aus dem Bett holte, hatte er Pottsau zu ihr gesagt. Dafür hatte ihn der Vater am Abend mit seiner feuerroten Hand auf den nackten Hintern geschlagen. Sie standen unten im kalten Klinkerflur, der Vater steckte sich Roberts Kopf zwischen die Beine und zählte laut: eins, zwei, drei. Danach kam Robert ins Bett und wuppelte, bis er zu weinen aufhörte, und wuppelte, bis er vergaß, und wuppelte, bis er an seine Brüder dachte, von denen er das Wort hatte, und wuppelte, bis er an seine Schwester dachte, die er Abra nannte. Sie hieß in Wirklichkeit Barbara, und sie hatte ihm vom kleinen Häwelmann vorgelesen, der von dem Mond durch die Nacht gefahren wird. Ganz ähnlich ging es auch Robert, wenn er hin und her durch die Nacht wuppelte.

«Du bist aber ein netter Junge, Robert», sagte eine andere Frau. Sie waren jetzt an den nächsten Tisch gegangen, die Mutter hatte mit der neuen Frau geredet, und jetzt sprach die Frau zu ihm. Sie hatte einen grinsenden Mund und trug eine Schmetterlingsbrille, durch die sie ihn mit großen Augen ansah.

«Wie alt bist du denn, weißt du das, Robert?» fragte sie.

Robert sah seine Mutter an, die plötzlich auch große Augen hatte.

«Sechs Jahre», sagte er und war gespannt, was die Frau nun sagen würde.

Die Frau hörte auf zu grinsen, ihre Augen wurden klein, sie machte auf einem Blatt Papier ein Kreuz in ein Kästchen, sie riß die Augen wieder auf, begann erneut zu grinsen und sagte:

«Dann weißt du auch sicherlich, wie du mit ganzem Namen heißt und wo du wohnst, Robert.»

«Ich heiße Robert Blum und wohne in Mülheim an der Ruhr, Langenfeldstraße 64», sagte er.

Das hatte er schon einmal zu einer Frau gesagt, vor vielen Jahren. Es war eine dicke Frau mit grauem Haar. Sie saßen sich gegenüber an einem langen Tisch, der voll von bunten Autos und Stofftieren war. Du brauchst nicht zu weinen, sagte die Frau. Sie gab ihm ein Taschentuch und fragte, wer er sei und woher er komme. Er sagte es ihr und sagte ihr auch, daß seine Eltern und seine Geschwister ihn verlassen

9

hätten, und weinte ununterbrochen. Nein, sagte die Frau, das ist nicht wahr. Sie war eine Holländerin und sprach genauso eigenartig wie die Hotelbesitzerin. Wuttje slape gahn, das hieß, wollt ihr schlafen gehn. Das war in Egmont an Zee. Deine Mutter war eben erst hier und hat nach dir gefragt. Er glaubte ihr nicht. Sie wollte ihn nur beruhigen. Er hatte am Strand gespielt, seine Brüder und seine Schwester waren draußen im Meer und sprangen gegen die grünen Wellen an. Er wollte nicht ins Meer, das Wasser schmeckte salzig und brannte in den Augen. Als er sie rief, hörten sie ihn nicht. Da ging er zurück zu den Strandkörben und suchte seine Eltern und seine kranke Großmutter. Sie waren nicht mehr da. Überall standen die Strandkörbe, in denen fremde Männer und Frauen saßen, und überall spielten Kinder im Sand. Er ging zum Meer zurück, um seine Geschwister noch einmal zu rufen, aber sie waren auch nicht mehr da, von den Wellen verschluckt. Vor seinen Füßen lag eine gläserne Qualle, die auf ihren Tod wartete. Er begann zu weinen. Fern vor dem Horizont, wo die Welt aufhörte, sah er ein weißes Schiff, auf dem seine Eltern und seine Geschwister davonfuhren. Ein hagerer Junge, so alt wie sein großer Bruder, nahm ihn an der Hand und brachte ihn in das Strandhaus zu der Frau.

Die andere Frau malte wieder ein Kreuz auf ihren Zettel.

«Und was tust du gerne, was tust du, wenn du Zeit hast, Robert?»

Das war eine schwierige Frage. Er sah in die großen Schmetterlingsaugen der Frau, er sah auf ihre stumm lachende Mundfalte und sah dann vorbei auf den Tisch, wo der Zettel mit den Kreuzen lag.

«Na, Robert, was spielst du gerne? Du spielst doch gerne», sagte seine Mutter. «Wissen Sie, wir haben ein Grundstück mit Wald, da können die Kinder von morgens bis abends spielen.»

«Das ist schön», sagte die Frau und lächelte die Mutter an. «Na, Robert, spielst du nicht gern?»

Spielte er gern? Er spielte, natürlich, aber was hieß gern. Er spielte im Sandkasten mit Ingbert und aß Vogelkirschen, er ritt auf einer weißen Stute durch den Wald, er schaukelte und rannte vor der Hexe Kaukau davon, er baute mit seiner Freundin Häuser und küßte sie heimlich, er spielte Pünkelchen mit seiner Cousine, er war der Zwerg, und seine Cousine war mit ihren Händen das summende Bienenvolk. Er grub mit Herrn Brunke, dem Nachbarn, die Erdbeerfelder um und brachte den schrecklichen Hühnern einen Regenwurm, so daß sie ihm in die Hand pickten. Es waren weiße Hühner, und er sah zu, wie Herr Brunke einem Huhn, das er zwischen die Beine nahm, mit einem Beil den Kopf abhackte. Dann ließ er es laufen, ohne Kopf. Es rannte und spreizte die Flügel, und aus seinem Hals sprudelte das Blut auf sein weißes Gefieder, es wurde langsamer, taumelte, hob die dünnen Beine und fiel um. Robert rodete einen Dschungel aus lauter Brennesseln, damit sie ihm nicht in die Beine stachen, und erforschte die indische Wildnis. Dort gab es einen Mungo, der ihn vor den Schlangen schützte und beinahe ertrunken wäre, Rikkitick. Er spielte, aber was hieß gern? Bei Gewitter hatte seine Schwester Angst, und er war froh. Manchmal, wenn es regnete und die Eltern nicht zu Hause waren, legten sich alle mit Bettdecken auf den Fußboden und aßen geröstetes Brot, seine beiden Brüder,

Abra, Kickeil und er. Einmal hatte Herr Brunke, als sie draußen im Erdbeergarten waren und Robert sein riesiges Osterschokoladenei mit ihm teilte, die Idee gehabt, zusammen mit ihm nach Afrika zu gehen. Das war das Schönste. Den Landweg wollten sie zusammen gehen, doch dann, hatte Herr Brunke gesagt, würde er Robert auf die Schulter nehmen und durch das Meer tragen. Afrika lag hinter dem Meer. Herr Brunke war sein Freund. Er wollte in der Nacht kommen und ihn abholen, aber er kam nicht. Robert wuppelte und erreichte die Küste allein und fuhr am Strand entlang. Dort irgendwo war der kleine Häwelmann ins Wasser gefallen.

«Robert», sagte seine Mutter.

«Ich spiele gern», sagte Robert.

«Er braucht ja auch nicht zu sagen, *was* er gerne spielt», sagte die Frau und machte ein Kreuz.

«Willst du mir etwas malen, Robert?» fragte sie, «ein kleines Bild? Ich würde gern sehen, wie du malen kannst.»

Sie legte ein Blatt Papier vor ihn hin und gab ihm einen Bleistift.

«Soll ich ein Haus malen, einen Garten oder ein Gesicht?» fragte Robert. Er wußte nicht, was sie von ihm gemalt haben wollte.

«Mal nur, was du willst», sagte sie.

«Du kannst doch so schön malen», sagte seine Mutter.

Er nahm den Bleistift und malte oben aufs Blatt einen Kreis. Von dem Kreis zog er Strahlenstriche über das Blatt hinunter. Auf einen der Striche malte er ein Bett mit Rädern und einem Segel. Nun gab er sich Mühe, am Bildrand ein Gesicht zu malen, das dem Bett auf seiner Fahrt zusah. Es war ein ernstes Gesicht mit Vollbart und düsteren Augenbrauen und zwei Falten in der Stirn. Robert hatte einmal seinem Bruder zugesehen, wie er ein solches Gesicht malte.

Robert malte zwischen Sonne und Gesicht eine Sichel mit schlafendem Auge. Der Mond war müde geworden. Dann wogte in spitzen Wellen ein Meer über das Blatt.

«Das genügt schon», sagte die Frau.

«Es fehlt aber noch was», sagte Robert.

«Robert, es reicht jetzt», sagte seine Mutter und beugte sich zu ihm herunter, so daß er ihr warmes Parfum riechen konnte.

«Lassen Sie ihn nur», sagte die Frau.

Aus den Wellen sprang eine Qualle. Er malte ein fernes Schiff, das mit winzigen duftenden Rauchwolken dem Ende der Welt zufuhr.

«Das ist aber ein charaktervolles Gesicht», sagte die Frau und schaute es sich an.

«Ja, Robert kann sehr schön malen», sagte seine Mutter und legte ihre Hand auf seine Schulter.

«Du willst einmal Künstler werden, was?» sagte die Frau und lachte.

Das Bild war fertig, Robert legte den Bleistift auf den Tisch. Künstler wollte er werden. Sein großer Bruder sagte, Pik-Asso ist der größte Künstler aller Zeiten. Er war der heimliche König der Spielkarten. Robert wußte, wie er aussah und kannte seine Bilder. Auf der Zigarettenschachtel seiner Mutter war alles abgebildet. Es war eine quadratische gelbe Schachtel mit weißem Rand. In der Mitte befand sich das Gesicht von Pik-Asso: er hatte einen langen Bart, sah halb grimmig und halb lustig aus und trug einen roten arabischen Hut. Um ihn herum waren seine Bilder in goldenen Farben aufgeführt: zwei böse geduckte Hähne, ein daliegender Hund mit Frauenkopf, drei purpurne Pyramiden. Der Bruder sagte, niemand bezahlt für irgendetwas so viel Geld wie für die Bilder von Pik-Asso. Für die Hähne, für den Hund, für die Pyramiden. Pik-Asso, sagte sein Bruder, braucht nur auf einen Teller seine Unterschrift zu machen, und schon kostet er Tausende. Da entdeckte Robert auf der Zigarettenschachtel die goldenen Teller mit winzigen Schriftzeichen. Aber Pik-Asso, sagte seine Mutter und öffnete die Schachtel und nahm eine Zigarette heraus, der krakelt doch nur, Armin, der malt doch überhaupt nicht richtig. Robert fand in der Schachtel eine weiße Karte, auf der Memorandum stand. Memorandum, er konnte lesen und verstand nicht. Armin, das ist doch keine Kunst, sagte seine Mutter. Was heißt Memorandum, fragte Robert. Willst du damit sagen, daß all die Kunstkenner, die das Geld ausgeben, auf Frau Blum warten müssen, damit sie ihnen sagt, was Kunst ist? rief sein Bruder. Was heißt Memorandum? Nein, sagte seine Mutter, nun schrei doch nicht gleich so, Armin, aber das, was der Pik-Asso malt, das malt ja jedes Kind. Unterschrift untern Teller, willst du sagen, daß das Kunst ist? Nein, das nicht, aber du bildest dir ein Urteil ein in Dingen, von denen du nichts verstehst. Robert zupfte am Ärmel seiner Mutter, Mama, was heißt Memorandum, Mama? Armin, du wirst unverschämt, sagte seine Mutter, und was willst du? Ich will wissen, was Memorandum heißt. Es heißt das zu Erinnernde, etwas, woran du denken sollst, sagte sein Bruder, man kann mit dir nicht reden, Mama.

14

«Das ist ein hübsches Bild», sagte die Frau, «ein kleines Kunstwerk.»

Die Frau machte ein Kreuz auf ihren Zettel.

«Ja», sagte die Frau, «das kann ich Ihnen schon sagen, Frau Blum. Ihr Sohn wird die Schule besuchen. Wenn», sagte sie, «er keine Pickelchen bekommt», und sie grinste ihn mit ihrem dünnroten Mund an. «Aber nun sag mal, kleiner Mann», sagte sie, «wo nimmst du das alles her?»

Robert wußte nicht, was er sagen sollte. Woher nahm er das alles? Spielte er gern? Er sah seine Mutter an. Sie lächelte und streichelte ihm über den Kopf. Das war nur so traurig. Häwelmann war traurig, der ins Meer fiel, und Kickeil, die keine Eltern mehr hatte, und Abra, die bei Gewitter weinte. Was hieß, woher nahm er das? Was hieß, gern, was hieß, das alles, was hieß, Abra, was hieß, Kickeil, was hieß, Häwelmann, was hieß, Herr Brunke, was hieß, Erdbeerfelder, was hieß, auf den Schultern tragen, was hieß, Afrika, was hieß, verlassen.

ARCHE

In seiner Kindheit, so erzählte Aristid Blum seinem Enkel
Robert, während er im Fabrikhof seines Sohnes Holzpaletten und Bretter aufeinandertürmte, in seiner Kindheit hatte
es ein kleines unbewohntes Haus in der Nachbarschaft
gegeben, dessen Türen und Fenster mit Brettern vernagelt
waren und zu dem es Einlaß nur durch ein schwarzes, über
dem Boden gelegenes Kellerloch gab. Der Garten war verwildert, der Schutt und der Abfall der umliegenden Häuser
hatten sich darin angesammelt. Es hieß, das verlassene Anwesen sei ein Paradies der Landstreicher und Ratten. Einmal überwanden die Kinder ihre Furcht, kletterten mit
Stöcken bewaffnet über den Zaun, jederzeit gewärtig, daß
Ratten aus dem Kehricht und ihnen an die Hälse sprängen.
Sie kamen an das Kellerloch, ihre Angst nahm fast überhand, sie zündeten eine Kerze an und krochen in die Höhle.
Da zeigte sich ihnen im flackernden Licht ein Raum mit
Lehmboden, ohne einen anderen Bewohner als die feuchte
Luft. Flüsternd standen sie da, sahen der Gefahrlosigkeit
ins Gesicht und stiegen, von einem Geheimnis betrogen,
zurück ans Tageslicht.

Aristids Vater, ein Mann mit aufwärts gezwirbeltem
Bart, hatte ihm, als er ein kleiner Junge gewesen war, kleiner
als Robert jetzt, mit einer Geschichte in Bann geschlagen,
die Aristid, während er die langen Hölzer zu einem selt-

samen Gestell zusammenfügte, seinem Enkel weitersagte: Immer wieder gab es in den rauhen Wintermonaten Tollkühne, die den Weg von der Stadt ins Dorf auf sich nahmen. Man wußte ja, daß der Winter im Dorfe ungleich schöner und verheißungsvoller war als in der Stadt. Ebenso war jedem bekannt, daß der Weg noch im späten Herbst gefahrlos gewesen wäre, doch da fehlte das grenzenlose Heimweh nach der stilleren Welt, das erst beim ersten Schneefall sich unwiderstehlich regte und das Abenteuer wagen ließ. Doch da vermied der Postillon die Reise, obwohl er auf einem Schlitten, von schnellen Pferden gezogen, den am Wege kauernden Wölfen fast unerreichbar war. Diejenigen, die vom Dorf angelockt wurden, mußten zu Fuß durch den Schnee gehen und hatten oft keine andere Waffe zur Hand als einen im Wald aufgelesenen Wanderstab. Und dennoch ließen sie sich nicht abhalten, gingen sie, jeder zu seiner Zeit und allein, ihrem sicheren Untergang entgegen. Einmal im Jahr, zu Beginn des Sommers, wenn die Wölfe warm und satt in der Wildnis blieben, kam der Postillon, nahm mit einer eigens für diesen Zweck gearbeiteten Stabzange die Skelette von den Bäumen und warf sie hinter sich auf die Postpakete. Da die Verhungerten ebenso wie jetzt die Sendungen auf dem Weg ins Dorf gewesen waren, nahm er sie mit und stellte sie den dortigen Bewohnern zu, die sie sehnsüchtig erwarteten.

In einer Welt, in der Wölfe, Ratten und Landstreicher lauerten, zumeist auf eine nächtliche Stunde wartend, um einen anzufallen oder fortzuschleppen, war es nicht nur natürlich, sondern für das Überleben notwendig, daß es Schutzengel gab. Aristid hatte eine genaue Vorstellung davon, wie sie aussahen: schwarz und armlang, mit spitz zulaufendem Kopf, senkrecht wie an einem Faden durch die Luft pendelnd. Woher seine Kenntnis kam, wußte er nicht; er wußte, daß Engel im allgemeinen goldenes Haar, rosige Haut und weiße Flügel besaßen, aber eben nicht diejenigen, deren Aufgabe das Verhüten von Unglück war. Vielleicht hatten sie solch amphibische Gestalt, damit die Feinde vor Schreck und Ekel gleich das Weite suchten. Da sein Schutzengel in der Nacht nicht unentwegt sich an der Luft halten konnte, ohne müde zu werden, ließ Aristid beim Einschlafen vorsichtig neben sich auf dem Kopfkissen und unter der Bettdecke Platz, damit er sich ausruhen könne.

Eines Tages war Weihnachten. Nach frommem Gesang und frohen Segenswünschen lief Aristid zum Tannenbaum und packte aufgeregt seine Geschenke aus. Holzpferd, Brummkreisel, Bilderbuch – mehr als all das fesselte ihn ein bauchig gerundeter Holzkasten, der ein Schiff vorstellen sollte. Dabei fehlten ihm alle Voraussetzungen, die ein Schiff zum Schiff machten, es hatte weder Segel noch Mast noch Kiel. Aber trotz seiner plumpen, ja geradezu dürftigen Gestalt, mit der Aristid eher Mitleid empfand, erschien es ihm als das tüchtigste Schiff zum Entkommen. Es trug oben an der Stirn ein kleines Fenster, durch das man ins Schwarze hinein sah, und in der Seitenmitte eine große Tür. Als Aristid sie öffnete, entdeckte er viele kleine Tiere, die im Inneren durcheinanderlagen. Sein Vater sagte ihm, das Schiff sei eine Arche, die einst ein alter Mann mit Namen Noah gebaut habe, um einem gewaltigen Regen, in dem jeder Tropfen so groß wie ein Kürbis war, zu entgehen und seine Familie und seine Tiere zu retten.

Nachdem Aristid sich fürs erste sattgesehen hatte, gingen sie alle an den gedeckten Tisch. Noch betäubt vom Glück der Geschenke, sah Aristid auf einem geblümten Teller ein langes, schwarzes, fettes Tier mit spitzem Kopf, das sein Vater in handgroße Stücke zerschnitt. Bevor er weinen oder schreien konnte, lag ein enthäutetes, rosig glänzendes Stück Fleisch vor ihm. Da schrie er. Seine Mutter, schon einen Bissen im Munde, stieß ihre spitze Nase in die Luft, sein Vater ließ das Besteck aus den Händen fallen und sagte:

«Was ist denn in dich gefahren?»

Doch Aristid schrie und weinte in einem fort.

«Meingott, was hast du denn?» fragte seine Mutter.

Es dauerte eine Weile, bis sie aus seinen Tränen und seiner schluchzenden Stimme erfuhren, daß der Vater soeben einen Schutzengel geschlachtet hatte. Jetzt mußten sie lachen.

«Ein Schutzengel, fröhliche Weihnacht!» sagte der Vater.

«Und da erschreckst du einen so», sagte seine Mutter hell.

«Das ist doch nur ein Aal, den man im Fluß fängt.»

Es war ein zu großes Unglück für diesen Tag, er konnte seinen Eltern so viel böse Blindheit nicht zutrauen. Er sah sie mit freundlichen Mündern essen, wischte sich die Tränen aus dem Gesicht und wagte selbst, ein Stück in den Mund zu stecken. Da hörte er, während er den säuerlich bitteren Geschmack hinunterzuschlucken versuchte, Trompetenschall in seinem Kopf, eine bronzene Fanfare, und wußte, daß er nicht bloßen Fisch gegessen hatte. Und er wunderte sich, er spürte gar keinen Ekel, keine Angst, er aß ein zweites, drittes, viertes Stück und fühlte sich auf eine lachende, unheimliche Weise mit seinen Eltern im Einverständnis. Die Weihnachtsnacht verbrachte er allein, niemand kam erschöpft zu ihm ins Bett. Später im Traum sah er einen runden Schiffsbauch im Wasser stehen, um den ein schwarzer züngelnder Leib seine Kreise zog. Er ließ ihn nicht ein, denn er wußte jetzt, daß Engel nicht schützten und nicht widerstanden.

In einem Alter, als er noch heftig an Gott glaubte, und in einer Zeit, da auch dieser einen aufwärts gezwirbelten Bart trug, hockte Aristid im Garten und wartete auf einen Regen, der seine Arche vom Erdboden erheben und mit ihm als lenkendem Titan davontragen würde. Der Regen blieb nicht aus, er schüttete an manchen Tagen drohend und Hoffnung erweckend, doch nie wütend genug, um die Welt in ein siedendes Wasser zu verwandeln. Dann wieder saß Aristid wochenlang am Fluß im Ufergebüsch und schaute der fortträumenden Strömung nach. Von einer nahen Gartenkolonie stahl er umhergestapeltes Bauholz, und er begann, sich ein Floß zu bauen. Er wollte aufs Meer fahren, menschen- und namenlos über dem grünen Wasser treiben, nichts sehen als hoch aufspringende Fische und versunkene Korallenstädte, nichts hören als das Wispern der Wogen und das Kreischen der Möwen. Doch gerade, als er einen Mast aufstellen wollte, wurde er von einer Handvoll breithosiger Schrebergärtner entdeckt, die wie Krähen über ihn herfielen und ihn mitsamt seinem Schiff in den Wind schlugen.

Aristid Blum, zwanzig Jahre alt und von einer Kriegsverletzung noch humpelnd, unternahm eines freien Tages eine Wanderung weit über die Grenzen der Stadt hinaus, ließ nahe Dörfer und Gehöfte hinter sich und kam in die immer unberührteren Gegenden des Berglandes. Es war fast nicht er selbst, der da über Anhöhen und durch Täler schritt, sein Körper bewegte sich ohne Besinnung und Willkür. Wie weit mochte er gegangen sein, als der verdunkelte Himmel ihn die Bedrohlichkeit des Waldes spüren ließ? Überall um ihn her raschelte und regte es sich, doch jeder Blick verfing sich nur in hager starrenden Baumstämmen. Aristid zwang sich ein Lächeln ab. Weder gab es mehr Wölfe und Wegelagerer, noch war jetzt Winter. Dennoch klaubte er sich vom Waldesrand einen starken Wanderstab, um für alle Fälle gerüstet zu sein. Er beschleunigte seine Schritte, wohl wissend, daß er vor Nacht nicht mehr nach Hause zurückfinden würde. Da fielen erste Tropfen klatschend auf die Bäume. Der Wald öffnete sich, Felder breiteten sich grau unter dem Schatten der Wolken aus. Der Regen nahm zu und vertrieb alle Gespinste. Am Ende des Weges sah Aristid Häuser und Kirche stehen. Bevor das Unwetter losbrach, erreichte er eine zur Straße gelegene offene Holzveranda und konnte sich unterstellen. Sie gehörte zu einem Krämerladen. Da begann der Regen richtig, er prasselte mit rauschender Wucht auf die Dächer und die erdige Straße. Ein älterer, einfach gekleideter Mann kam aus dem Laden und sah sich ebenfalls das Schauspiel an.

«Da haben Sie Glück gehabt, daß Sie bei uns unterkommen konnten», sagte der Mann freundlich.

«Ja, was für ein Regen», sagte Aristid.

«Oh», sagte der Mann, «der Regen im letzten Jahr ist durch die Dächer gegangen. Sämtliche Lebensmittel waren verdorben.»

«Als wollte er alles wegschwemmen», sagte Aristid.

«Brot, Käse, Obst, alles verdorben», sagte der Mann. «Woher kommen Sie denn?»

Aristid erklärte, daß er von der Stadt komme.

«Ach», sagte der Mann erstaunt, «da haben Sie aber einen weiten Weg hinter sich.»

In einer braunen Flut wälzte sich das Wasser an ihnen vorbei. Ein kühler Wind schlug ungestüm den Geruch von nassem Laub und nasser Erde gegen die Häuserwände. Dann traute Aristid seinen Augen nicht. Durch die herabfallenden Regengewänder kam von der unteren Straße her und ohne große Eile jemand springend hochgelaufen. Bevor er etwas Wirkliches erkennen konnte, rief schon der Mann aufgebracht:

«Margarete, beeil dich! Du holst dir den Tod!»

Und wenig später stand sie, ein Mädchen, eine junge Frau, durchnäßt in der Veranda.

«Meingott, so ein Regen», prustete sie und sah Aristid verwundert an.

«Du bist so unvorsichtig», sagte der Mann, der ihr Vater war. «Warum hast du nicht gewartet, bis der Regen aufhört?»

«Ach, der Regen hört doch nie auf», sagte sie und strich das Wasser aus ihrem hellen Haar.

Aristid stand verlegen zwischen ihnen. Er mußte immerzu die junge Frau anschauen, ihren schmalen Mund und ihre grünblauen Augen.

«Der junge Mann hier kommt aus der Stadt und konnte sich gerade noch unter unser Dach retten», sagte der Vater.

Aristid glaubte, sich förmlich vorstellen zu müssen. Als er seinen Namen nannte, huschte ein Wink über ihr Gesicht, ihr Mund wurde breiter, ihre Augen verengten sich zu einem lustigen Grün, und Aristid, der noch linkisch ihre Hand hielt, war plötzlich bezaubert von der ihm sanft und unberührbar scheinenden Schönheit ihres Gesichts. Er stand vor ihr und wußte nicht, was er mit sich, mit seinen Gliedern anfangen sollte.

«Das ist ja ein riesiger Weg», sagte sie.

Er nickte beschämt. Es kam ihm vor, als verrate sich seine Wanderung einzig als ein Versuch, hier diese etwas gezwungene und ihn in ein lächerliches Licht rückende Anerkennung einzuheimsen.

«Ich weiß selbst nicht», sagte er verwirrt, «ich habe irgendwann die Zeit vergessen, ich wäre wahrscheinlich bis morgen früh durchgewandert.»

«Na, seht euch das an», sagte plötzlich der Mann.

Sie sahen zur Straße, dort spülte nach wie vor unter dem aufspritzenden Regen ein Fluß hinunter, und mitten darin trieb kopfüber und kopfunter ein weißes Tier. Bevor der Mann: «Grete, laß doch!» rufen konnte, war sie schon auf die Straße gesprungen und fischte das Tier aus der Flut. Gleich stand sie wieder prustend neben ihnen, hielt eine weiße zerzauste Möwe in der Hand. Die Möwe war tot, alle Glieder schienen ihr ausgerenkt und gebrochen zu sein.

«Wie ist sie nur ins Wasser gekommen?» fragte sie.

Aristid empfand mit ihr das Ungerechte dieses kleinen Tods. Er wußte nichts zu sagen.

«Gib mir den Vogel», sagte ihr Vater, «du kannst ihm nicht mehr helfen.»

Sie gab ihn aus der Hand und ging ins Haus.

In seiner glanzvollen Zeit war Aristid Blum Impresario des italienischen Clowns Bellini. Die Menschen kamen herbei, um Lustiges und Leuchtendes zu sehen, ihr fremd dahinrasendes Leben wie zuvor den Krieg zu vergessen. Und Aristid reiste von Zirkus zu Turnhalle und von Saal zu Varieté, verhandelte mit Direktoren, Vereinsvorständen und Stadtkämmerern, um seinem Clown den Auftritt zu sichern und sich selbst ein Drittel der Einnahmen. Bellini war der Begründer des dazumal in der Fachwelt bestaunten «Cigare flamboyant». Der Effekt dieser Nummer bestand darin, daß die Zigarre, die Bellini während des gesamten Auftritts rauchte und in einen monumentalen Aschenbecher legte, wenn er auf seiner Trompete krächzend falsche Töne blies, zu der er aber immer wieder nachlässig zurückkehrte, als habe sie mit der Vorführung nichts zu tun, am Schluß vor seinem Gesicht explodierte. Dies riß die Zuschauer jedes Mal aus dem bloßen Traum der Clownerien, es dauerte lange Sekunden, bis sie einen Scherz erkannten und aufatmend applaudierten; und darum hatte Bellini auch, wie Aristid sagte, eine ernstere Bedeutung. Oft aber entzündete sich die Zigarre schon vor dem Ende, mitten im artistischen Teil, wenn Bellini schalkhaft unter die Bodenplane kroch oder seinen unvergleichlich mißlingenden Kusselkopf schoß: dann beendete er sofort seine Schaustellung und rannte unter lautem Publikumsgelächter weinend aus der Manege oder von der Bühne.

Damals war Aristid schon mit Margarete verheiratet, drei Kinder waren gezeugt und geboren. Seine Frau arbeitete als Verkäuferin in einem Schuhgeschäft von Konrad Tack. 1919 kam Arnold zur Welt. 1920 erhob das Unternehmen

Tack Margarete trotz ihrer erneuten Schwangerschaft in den Stand einer Filialleiterin, weshalb sie ihren zweiten Sohn mit stillem Stolz Konrad nannte. 1922 kam Maria zur Welt.

Bellini ging, einem Angebot von Barnum & Bailey folgend, fort von Deutschland, hinterließ Aristid eine Summe wertlos gewordenen Geldes und erwarb sich in Amerika großen Ruhm als «The exploding Clown». Aristid war von dem Tage an arbeitslos, teilte dieses Geschick zwar mit einer zunächst jährlich, dann stündlich wachsenden Masse von Männern und Frauen, hatte ihnen gegenüber sogar den Vorzug, daß Margarete mit dem Schuhgeschäft auskömmlich verdiente, begann aber nichtsdestoweniger an sich zu verzweifeln. Untätig und voll beschämter Ratlosigkeit saß er zu Hause herum, fiel sich und den Kindern zur Last. Lichtblicke waren in diesen schlechten Zeiten, daß Arnold, der in der Schule nichts taugte, eine Lehrstelle als Anstreicher fand, daß Konrad gewissenhaft lernte und daß Maria mit ihren strohblonden Haaren und großen Augen sich zum Schmuck der Familie mauserte.

Aristid wich seinen Kindern aus. Die Zeit wurde ihm so lang, daß er am Fluß spazieren ging, und sie erfüllte ihn mit solcher Unrast, daß er im Binnenhafen der Stadt den Hafenarbeitern und Schiffsleuten zusah und ihre Spelunken aufsuchte. In dem dichten Rauch der Zigaretten und Zigarren und mit den fließenden Schnäpsen und Bieren verrauchte und verfloß der kummervolle Zorn des Lebens.

Ein kleiner und unförmig dicker Mann mit Backen- und Kinnbart, der Nils hieß und sich für den Kapitän des Kohlefrachtschiffs «Bernadette» ausgab, Kurs Kopenhagen, stand neben Aristid an der Theke. Sie waren bald in berauscht

ausgelassener Stimmung, über ihren Köpfen hing mast-
hohes Gelächter. Aristid dachte an Kopenhagen. Er war
fünfunddreißig Jahre alt, jung genug, wie er fand, um sein
Leben von Grund auf ändern zu können. Er wollte, wie er
sagte, noch die Anker lichten, bevor die Unzufriedenheit
ihn zerfraß. Sie zogen von Kneipe zu Kneipe, es war noch
hell am Tag, längst hatten sie das kleine teer- und ölrüchige
Hafenviertel hinter sich gelassen. Plötzlich stießen sie auf
eine Gruppe von Menschen, die erregt vor einem Haus im
Halbkreis standen. Das Haus wurde renoviert, manche
Teile bis zur Fensterreihe des ersten Stockwerks waren
frisch gestrichen. Aristid und Nils hatten nicht mehr die
Beweglichkeit, den Leuten auszuweichen, traten vielmehr
dazu und sahen vor der Häuserwand eine Leiter am Boden
liegen und neben ihr einen bewußtlosen Jungen. Aristid
drängte zu dem Jungen vor und erkannte ihn. «Annoll!»
lallte er und fiel auf die Knie. Er wollte ihn anfassen, doch
die entsetzten Leute zerrten ihn fort. «Mein Sohn!» rief Aristid. Die Leute sahen ihn nur verächtlich an, Frauen hatten
ihre Hände vor den Mund gelegt, «Ist ja gut», sagten einige
Stimmen. Nils, der Aristid beistehen wollte, wurde wegge-
stoßen. Zwei Männer brachten Aristid nach Hause.

Es war kein Unfall gewesen. Arnold hatte lediglich die
Leiter von der einen Seite des Hauses zur anderen getragen
und war ohne äußeren Einfluß zusammengebrochen. Die
Ärzte stellten eine Rückenmarkstuberkulose fest. Ein Jahr
lang behielt man Arnold im Krankenhaus, wo er aus Holz
eine Weihnachtskrippe bastelte, ohne Schweifstern und
Könige, nur Maria mit dem Kinde darstellend und Joseph
mit den Hirten; dann wurde er bei seiner Familie einquar-

tiert, auf das Wohnzimmersofa gebettet, bekam zur Gesellschaft einen blauen Wellensittich, der bald sprechen konnte, lag drei Jahre dort wie aufgebahrt, starrte mit immer weiteren Augen zum Fenster hinaus, wurde still und sprachlos, schließlich stumm.

Die Ladenkette Konrad Tacks wurde an arische Geschäftsleute zwangsverkauft, Margarete verlor ihren Verdienst. Aristid bewarb sich um eine Anstellung im Hafenkontor des Kohlesyndikats und mußte einen Stammbaum seiner Familie vorlegen. Sein Name begründete den Verdacht, daß sein Träger rassisch unebenbürtiger Abstammung oder pazifistischer, wenn nicht freimaurerischer Gesinnung war. Da er diesen Argwohn ausräumen konnte, nahm man ihn als Schreiber in den Dienst. Margarete strickte für die Nachbarschaft und für etwaige Nachkommen. Die Wohnung war erfüllt vom Leichengeruch des hinsiechenden Sohnes. Konrad bestand die Aufnahmeprüfung bei der Luftwaffe. Er zog in den Krieg. Maria begann, an Gesichten zu leiden. Margarete saß im Sessel, strickte und starb im Herbst 1954.

Sie war an einem kalten Tag gestorben, Aristid hatte im Krankenhaus auf einer Bank gesessen und auf die Todesnachricht gewartet. Doch es dauerte viele Stunden, Margaretes Herz gab sich mit einem Anfall nicht zufrieden, es schlug gegen den steigenden Todesdruck an, schlug unregelmäßig, und dabei atmete sie schwer und ächzend. Der Arzt hatte gleich nach der Einlieferung Aristid gesagt, daß keine Hoffnung bestehe. Aristid trat mit Mantel, Stock und Hut vor das Hauptgebäude, das mit seinen spitzigen Türmen und öde grinsenden Fenstern an die Zeit erinnerte, da es noch Residenz eines weniger mächtigen Fürsten gewesen war. Aristid ging an einem bizarr verwelkten Blumenbeet vorbei und fror in der Novemberluft. Der einzige Mensch sollte sterben, mit dem er noch verbunden war. Ihre Ehe war nicht voll leuchtender Liebe gewesen. Doch die vielen gemeinsamen Jahre, die Nähe ihres breit gewordenen Körpers, der häusliche Kuchengeruch, der von ihr ausströmte, die Ruhe ihrer Bewegungen und immer noch der sanfte Glanz des Unberührbaren in ihrem Gesicht, all das war so sehr ein Teil von ihm selbst geworden, daß er sämtliche ihn noch erwartenden Jahre ohne sie nicht erleben wollte. Noch lag sie und ächzte, hatte einen Funken Wärme und Wachheit und war doch auf dieser Welt nicht mehr erreichbar, nie mehr erreichbar, ging vor, ebnete den Weg und würde irgendwann später ihn, Aristid, empfangen. Da standen unbewegt die Häuser, da liefen unbewegt die Menschen, da stand er mühsam aufrecht und wünschte sich einen grauenvollen Regen, der alles von der Welt wusch, alle Erinnerung und alle Zukunft. Der Himmel gab kein Zeichen, Aristid ging ins Krankenhaus zurück, horchte auf das leise Vorbeihuschen der Schwestern und dachte nichts mehr.

Es regnete noch nicht, aber die Wolken sammelten sich über der Stadt. Aristid ging in seemännisch oder greisenhaft schwankendem Schritt über die Kieswege des Friedhofs. Margarete wartete mit unterirdischem Verlangen auf seinen Besuch. Sechs Jahre hatte er Zeit gehabt, sich an ihren Tod zu gewöhnen. Er wußte sie in Gewann K unter Blumen und Immergrün, besuchte sie täglich auf seinem Spaziergang.

Ein mit körnigem Grün bewachsenes Sandsteinkreuz stand auf dem kleinen Grab, darein graviert: Margarete Blum geb. Kippert * 18.4.1900 † 7.11.1954. Neben ihr lag Arnold.

Da blies eine Trompete in schrecklich falschem, sich überschlagendem Ton zur großen Fahrt. Aristid, der sich umwandte, sah eine alte, schwarzgekrümmte Frau mit Blechgießkanne auf dem Weg. Der Trompetenklang war der Schrei eines weißen Vogels. Der Vogel lag auf einem der unzähligen Gräber, seine Brust dem Himmel zugekehrt. Es war eine Möwe, wie konnte sie sich hierher verirren? Und sie schrie nicht, sie war tot. Die schwarze Frau kam auf Aristid zu. Was wollte sie? Wäre sie nur fortgegangen. Und was war mit der Brust der Möwe? Ein fingertiefes Loch war ihr in die Brust gestoßen. Das Fleisch, das die Wunde umrandete, war rot. Eine Krähe mußte ihr in die Brust gehackt haben, bis sie zu leben aufhörte. Und jetzt sah er, wie die Frau neben ihm die Blechkanne über den Kopf hob und mit ihrem Docht auf ihn einhackte. Er spürte den heftig einschlagenden Schmerz, wollte seinen Arm heben und fiel zu Boden.

Aristid hatte einen Schlaganfall erlitten, nicht lebensgefährlich, wie der Arzt versicherte. Sein Sohn kam in die Stadt, um ihn aus dem Krankenhaus abzuholen.

«Wie geht es dir, Vater?» fragte er. Wie soll es mir gehen, dachte Aristid und schwieg. Konrad blickte unruhig im Zimmer umher und zum Fenster hinaus. «Du kommst mit zu uns», sagte er, «du kannst nicht mehr alleine leben.» Aristid, der seinen guten Willen zeigen wollte, nickte. «Ich habe mit dem Arzt alles geregelt», sagte Konrad, «du brauchst jetzt nicht länger hierzubleiben.» Bewegen soll ich mich noch, dachte Aristid und lachte laut in seinem Innern. Warum laßt ihr mich nicht einfach liegen? «Komm, ich helfe dir beim Anziehen», sagte Konrad, «Kläre und die Kinder freuen sich, daß du kommst.» Er stützte seinen Vater, setzte ihn aufrecht, drehte ihn zur Bettseite, holte seine mageren weißen Beine aus dem Bett hervor, zog ihm die Strümpfe an. Ich bin vielleicht ein Kind, dachte Aristid, gefüttert werde ich, angezogen werde ich. Nur schreie ich nicht. Jetzt mußte er sich aufstellen, mit einer Hand sich am Bettpfosten festhalten. Sollte mein Sohn meine Blöße sehen? «Laß!» rief Aristid unwillig. Er bückte sich zitternd, von Konrad an den Schultern gehalten, und kleidete sich selbst an. Dann blieb er stehen, als hätte diese Anstrengung ihn mit Kraft erfüllt, ungestützt, unbeholfen.

Sie gingen über den kahlen Korridor. Schwestern huschten in grauweißen Kitteln an ihnen vorbei. Der Arzt, ein großer, kahlköpfiger Mann, erwartete sie bereits. Er klopfte Aristid munter auf die Schulter und sagte: «Na, in der Familie wird es gewiß ein schöner Lebensabend.»

Lebensabend – für Aristid war in den letzten Jahren, seit dem Tod seiner Frau, das Leben zu einer zweiten Nacht geworden, zu einem zweiten Schlaf, in dem jede Erinnerung zum Traum führte und jedes Erwachen zur Dunkelheit. Konrad wollte sich nicht unnötig aufhalten, so hatte Aristid keine Zeit, von der Stadt Abschied zu nehmen. Schnell flossen die Straßen unter dem Auto hin, schwanden die Mauern des Friedhofs aus dem Blick und, unter der Brücke, der trübströmende Fluß. Und nur ein-, zweimal griff Aristid sich schürfend an die Stirn, als wollte er verstohlen winken.

Am späten Nachmittag, als der Himmel schon tonlos grau den kleinen Ort Hoffthal einfärbte, kamen sie an. Der Empfang, den man Aristid bereitete, war nahezu überschwenglich. Alle freuten sich, Kläre, die Kinder und sogar der Hund, der aufgeregt zwischen den Beinen umhersprang. Aristid wurde in das Fremdenzimmer geführt. Ein kleiner, karg möblierter Raum: dies würde die Heimstatt seiner letzten Jahre sein. Er konnte nicht recht froh werden, er fühlte sich in all der Zuneigung und Besorgtheit verlassen, er wußte nichts zu sagen. Konrad verabschiedete sich. Er hatte Durst von der langen Fahrt und wollte in einer Wirtschaft noch etwas trinken. Für Aristid gab es Abendbrot und einen leichten Tee, er hatte keinen Appetit. Von seinem Sitzplatz aus sah er auf das Grundstück hinaus, das hinter dem Rasen mit Sträuchern und Bäumen den nahen Wald erklomm.

Dann war Nacht, die Nacht des ersten Tages. Spät schlug die Haustür zu, und jemand lief lallend durch das Haus. Er verschwand in einem Zimmer und verstummte. Der Hund bellte nur kurz. Aristid lag im Fremdenzimmer. Das Fenster war geöffnet, und durch das Holzrouleau hörte er das Windrauschen in den Kiefern. Er fiel in Schlaf. Doch dieser Schlaf war kein Schlaf, keine schwarz erschöpfte Ruhe, sondern ein leises, quälendes Wachsein, ein Flimmern hinter den geschlossenen Augen, ein Stimmengewirr in der Stille, jeder Traum führte zur Erinnerung, jede Dunkelheit zum Erwachen.

Aristid erwachte von einem Flüstern. Wieder war Zeit vergangen. Lebte er nicht bei seinem Sohn? Hatte er nicht

Robert, dem Enkel, von sich erzählt? Seit Wochen arbeitete er Tag für Tag auf dem Fabrikhof mit Paletten und Brettern, hämmerte sie mit dem wenigen Werkzeug, das man ihm überlassen hatte, zusammen. Robert schaute zu. Ihm erzählte er seine trostlose Geschichte. Aber er verriet nicht, was er baute, und die Leute ringsum, die Arbeiter und Angestellten seines Sohnes, die ihn aus den großen Fenstern beobachten konnten, lachten und schüttelten nur die Köpfe. Auch Konrad hatte es aufgegeben, mit seinem Vater zu sprechen.

Draußen vor dem Fenster flüsterte es. Aristid horchte. Es war der Regen. Jetzt, da er das Geräusch erkannte, war er nicht überrascht. Er war so wenig überrascht, daß er sich vom Bett erhob und langsam ankleidete. Vorsichtig öffnete er die Tür zum Flur, denn niemand sollte ihm jetzt begegnen. Auf einem Schlüsselbord fand er den Haustürschlüssel. Das Haus schlief, als er es verließ. Der Himmel war, obwohl es regnete, merkwürdig hell, so daß Aristid auf der Erde die Wasserlachen und die schwarzen Regenfäden sehen konnte. Im Fabrikhof stand dunkel sein Gefährt. Aristid setzte sich mit dem Rücken gegen den Mast, den er am Tag zuvor aufgestellt hatte. Nun galt es zu warten, bis das Wasser sich sammelte. Es durfte nur nicht nachlassen zu regnen. Er saß da und spürte, wie das Wasser auf ihn eindrang. Bald schloß sich die Kleidung eng um seinen Leib. War es, daß er erwachte oder daß er endgültig in Schlaf hinüberglitt, als von der Macht des Wassers das formlose Schiff ächzend in die Höhe gehoben wurde, weit über die Dächer und Bäume hinaus, und er, Aristid Blum, einer hellen lichtlosen Grenze zufuhr?

ERLEBNISBERICHT

Es war vor Beginn der dritten Stunde, nach der großen
Pause. Ein mächtiger Winterregen überschwemmte den
Schulhof. Die Schüler drängten, nachdem sie in den Par-
terrefluren ihren Kakao getrunken, ihre Frühstücksbrote
gegessen, die Aquariumfische ins Seegras gescheucht,
Nachlauf gespielt und dabei den schönsten Mädchen der
oberen Klassen ängstlich oder kühn verehrende Blicke zu-
geworfen hatten, mit müdem, mürrischem und lachendem
Hallo und trostloser Erwartung über die Treppen dem
Unterricht zu. Robert, der gerade zum Spurt ansetzte, alle
möglichen Körper bis unterm Dach zu überholen, wurde
plötzlich gewahr, daß eine der Schönen nur zwei Stufen vor
ihm die Treppe hinaufging, begleitet von der unvermeid-
lichen, zofenartigen Freundin, und wie immer von zwei,
drei gleichaltrigen, sich aufspielenden Schülern, er betrachtete ihr braun fallendes Haar, den gelb leuchtenden
Pullover, die zierlichen Hände, er sprang nah an sie heran,
berauschte sich flüchtig an ihrem süßen Geruch, und lief
dann schnell und gewandt wie ein Wildtier an ihr und
allen Andersgesichtigen vorbei, wünschend, daß sie, deren
Spur er aufgenommen hatte und bewahren wollte, seine
Flinkheit sähe und bewundere. Beim Treppenwechsel, als
er in die Gegenrichtung lief, konnte er noch in ihr unberührbar schönes Gesicht schauen, dann trennte ihn sein

Weg von der Treppe, und außer Atem gelangte er in den Klassenraum.

Herr Klein, der Deutschlehrer, stand vor der Tafel und überwachte das Austeilen der Arbeitshefte. Robert setzte sich auf seinen Platz am Fenster, das Heft lag schon auf dem Tisch. Er war der Letzte, Jak, sein Nebenmann, fehlte seit gestern.

«So, sind die Hefte ausgeteilt?» fragte Herr Klein.

«Das Thema wird euch leicht fallen, hoffentlich. Wir haben lange genug darüber gesprochen. Also», Herr Klein öffnete die Tafel, und in großen Kreidebuchstaben erschien das Wort: Erlebnisbericht, «einen Erlebnisbericht sollt ihr schreiben. Die Form ist euch bekannt. Schreibt sachlich, klar, bitte ohne Gefühlsschwulst. Und vor allem: schön nacheinander die Dinge setzen, der Aufbau darf nicht verwirren. Habt ihr noch Fragen?»

Ein Aufatmen, ein Räuspern, ein Schneuzen ging durch die Klasse. Robert klappte sein Heft auf.

«Kann es auch etwas aus der Familie sein, ich meine zum Beispiel, wo ein Hund vorkommt?» fragte eine Schülerin. Ein paar Schüler lachten.

«Im Prinzip ja», sagte Herr Klein. «Nur schreibt keine Tiergeschichten, in denen sich die Terrier mit den Kanarienvögeln unterhalten. Erlebnisbericht heißt, daß ihr etwas erlebt habt und das berichtet. Ihr könnt etwas mit einem Hund erlebt haben, aber bitte nicht der Hund mit euch.»

Wieder lachte ein Teil der Klasse. Noch einmal meldete sich jemand, fragte unnötig, ob auch ein Reise-Erlebnis erlaubt sei. Ein anderer stöhnte dazu. Dann trat Stille ein, der Lärm der brütenden Köpfe. Robert besah sich Verbesserung und Note der vorangegangenen Arbeit. Eine Drei. Er schrieb in Deutsch immer nur Dreien. Einmal hatte er die beste Arbeit der Klasse geschrieben, eine Drei plus.

Herr Klein nahm hinter dem Pult Platz und wendete sich einem Buch zu. Die ersten Schüler begannen zu schreiben. Robert sah zum Fenster hinaus, noch immer fiel der kalte Regen und umwob die Bäume und Autos auf dem Vorplatz. Was will man denn erleben wenns regnet, fragte er sich. Vielleicht die Radtour mit Arno. Zur Kiesgrube letzten Sommer. Die Flöße waren Schwellen von der Eisenbahn. Arno platsch fiel ins Wasser. Achtung du fällst ja. Fliege im Schnapsglas. Und dann das Lagerfeuer. Die Strümpfe weggezischt wie nichts. Und doppelt der Regen. Was gabs da zu schimpfen Mama. Und wenn schon neue Hose. Regen ist Regen. Gott segnet die Welt. Niemand schlägt mich. Sollte sie nur. Da flieg ich davon. Dem Einwinker fehlten ja zwei Finger. Vom Propeller-Anwerfen. Konzentrier dich mal. Ein Flug mit meinem Vater. Die Wolken waren zum Greifen nah. Eines Tages als ich sechs Jahre alt war kam mein Vater oh Papa und fragte mich ob ich mit ihm fliegen wolle. Er hatte ein Sportflugzeug und flog ja flogloglog. Liebe Elvira du bist mir so egal. Aber dein Kleid ist hochgerutscht. Geht es nicht höher. Seit wann hast du denn die Nylonstrümpfe. Wolln wir ein Feuerchen machen. Machen stinkt sagt Klein. Pfui Deibel. Meine Damen und Herren Misses and Mississippis zu denken ist an die heiligen Exkremente der Kirche. Da sitzt der Papst auf seinem Stuhl und hat eine Rolle Klopapier aus lauter Ablaßzetteln und sagt tue Buße. Ach du heiliger Stuhlgang. Hallo wo bleibt denn der Erlebnisbericht. Na vielleicht doch der Fluch mit meinem Vater einfach so hat das Fluchzeug im Himmel seinen Luping wie schreibt man das gedreht. Ein Mensch der nicht betet wird ein Teufel oder eine Bestie. Hab ich Unrecht heut getan sieh es lieber Gott nicht an. Ich werde jetzt damit bestraft daß ich nicht schreiben kann kein Wort.

Fast alle Schüler schrieben bereits. Elvira, die in der benachbarten Tischreihe auf der Höhe von Robert saß, machte ein verzweifeltes Gesicht. Robert grinste ihr zu. Schräg hinter ihr blickte Simon, der Deutsch-Amerikaner, der im Sportunterricht alphabetisch gleich nach Robert kam, suchend auf, sah Robert kurz wie einen Fremden an und senkte wieder den Kopf. Jetzt merkte Robert, daß er noch keine Schmierzettel herausgelegt hatte. Er zog einen Block aus der Schultasche, legte ihn vor sich hin, schraubte den Verschluß vom Federhalter ab und begann zu schreiben. *Eines Tages, als ich sechs Jahre alt war, kam mein Vater und fragte mich, ob ich mit ihm fliegen wolle. Er hatte ein Sportflugzeug und flog manchmal. Ich war noch nie mit ihm geflogen und freute mich darauf. Wir stiegen ins Auto und fuhren zum Flugplatz, der außerhalb der Stadt lag.* Es war ein sonniger Tag, der Himmel dunkelblau, und nur einzelne weiße Wolken trieben darin. Robert stand vor dem Haus gegenüber einer Reihe von Birken und sah zu, wie sie ihr grünleuchtendes Blattwerk um die Äste wirbelten. Ein warmer Wind fuhr ums Haus und legte sich aufs sonngebräunte Gras nieder. Der Hund schlief wie tot vor der Haustür. Die Luft roch nach Hitze. Hinter dem Haus, auf der Terrasse, lag Roberts Mutter und sonnte sich. Er sah die schwarze Schotterstraße hinunter, die vom Haus fortführte und in einer Kurve hinter den Bäumen verschwand. Rechts von ihr, in einer Senke, stand der Vogelkirschbaum, und dort, in seinem Schatten, befand sich der Sandkasten, in dem Robert oft, mit einem Freund oder allein, spielte. Am Ende der Straße, hinter der Kurve, wohnte sein Freund Ingbert. Robert suchte sich einen Stein, den er vor sich hertreiben konnte, und lief die Schotterstraße hinunter. Da tauchte aus der Kurve das graue Auto seines Vaters auf. Robert trat mit seinem Stein zur Seite. Sein Vater hielt neben ihm. Er hatte seinen Ellenbogen aus dem Fenster gestreckt.

«Na, Robert, so alleine? Wo sind die andern?»

«Mama schläft. Die andern weiß ich nicht. Ich glaub, die sind in der Stadt.»

«Mama schläft?»

«Ja.»

«Hast du Lust, mit mir zu fliegen?»

«Fliegen?»

«Ja, komm. Heute ist ein sehr guter Tag zum Fliegen.»

Robert hüpfte ums Auto und setzte sich in den großen Sitz neben seinen Vater. Sie fuhren rückwärts, sein Vater hatte den Kopf seitlich nach hinten gebogen, Robert spürte, wie die Steine unter den Rädern wegsprangen. Der Motor heulte hell. Sie sausten um die Kurve. Hinter dem Drahtzaun stand ein grünes Haus. Robert sah, daß Ingbert in einem Sonnenfleck zwischen den Baumschatten saß. Dann wendeten sie und fuhren über die Straße davon. *Nach einer halben Stunde kamen wir an. Der Himmel war dunkelblau. Mein Vater sagte: «Heute ist ein guter Tag zum Fliegen.» Wir gingen in den Flugturm, von dem man eine gute Sicht über das Feld hatte, auf dem die Start- und die Landebahn lagen. Mein Vater meldete unseren Flug. Dann gingen wir in die Flugzeughalle. Dort sahen wir das Flugzeug von meinem Vater. Es war weiß gestrichen. Wir öffneten ein Tor und schoben das Flugzeug auf den Vorplatz. Jetzt kam ein Mann in blauer Arbeitskleidung. Das war der Einwinker. Ihm fehlten zwei Finger an einer Hand. Er mußte den Propeller anwerfen. Wir stiegen, ich zuerst, auf einen der Flügel und kletterten in das Cockpit. Ich bekam ein paar Kissen untergeschoben, damit ich aus dem Fenster sehen konnte.*

Robert sah hinaus. Wie trostlos war es draußen. Der Regen fiel ununterbrochen, kalt wie vom Eismeer kommend. Robert saß an der Heizung, die unter der Fensterreihe entlanglief. An ihr konnte man sich, wenn sie voll aufgedreht war, die Hände verbrennen.

Mein Vater legte mir einen Gurt um.

Es klopfte. «Herein», sagte Herr Klein.

Der Einwinker stand vor dem Flugzeug und begann mit der einen Hand den Propeller zu drehen.

Jemand kam herein und sagte: «Verzeihen Sie die Störung, uns ist die Kreide ausgegangen, können Sie uns ein Stück geben?»

Dieser sprang immer nur eine halbe Drehung vor.

Herr Klein warf Kreide durch das Klassenzimmer.

Mein Vater versuchte, das Flugzeug zu zünden.

Die Klasse lachte. Jemand bückte sich hinter den Tischen.

Plötzlich sprang der Mann zurück, und der Propeller sauste mit gewaltigem Motorenlärm.

«Fangen will gelernt sein», sagte Herr Klein.

Ich konnte nur noch einen Kreisel sehen.

Die Klasse lachte wieder. Robert hob den Kopf und drehte sich um. Das Mädchen in gelbem Pullover stand hinter den Tischen auf. Ihr Gesicht war etwas rot und verlegen, als sie «Danke schön» sagte. Doch gleich hatte sie ihre Fassung wieder, sah sich um, sah Robert für einen Augenblick an und lächelte. Robert war geblendet. Dann verließ sie den Klassenraum.

Es war ungeheuerlich, wie die Maschine röhrend und holpernd plötzlich losfuhr und mit welch erschütternder Kraft sie an Fahrt gewann. Robert sah voller Angst, wie sie immer schneller an Boden verlor, ihn mit schreiender Geschwindigkeit hinter sich ließ. Hier wurde Gewalt getan. Und wenn er es auch nicht dachte, so fühlte er es in seinem erschrockenen Herzen. Der Geruch von Öl und Benzin drang in seine schwindligen Sinne, dieser Geruch war es schließlich, der ihm Übelkeit verursachte, ein Hintanschwellen seiner Zunge gegen den Hals, doch bevor er sich darauf besinnen und etwas rufen konnte, flehentlich zu seinem Vater, daß er anhalten möge, aufhören möge, dieses brüllende Ungetüm mit den schrecklichen Flügeln in die Luft zu heben, da setzten sie vom Boden ab, in einem Ruck, der Robert zurück warf und in den Sitz drückte. Die Wiese, der Flugplatz schwankten schief unter ihm, und über und vor und neben ihm lag unendlich bloß und kahl der Himmel. Noch erschrak Robert über die luftig entschwindende Welt, und zugleich verwunderte es ihn, die großen Dinge, Häuser, Straßen, Plätze, die sonst so gespenstig fremd und unzugänglich sein konnten, nun bilderbuch- und spielzeugartig zusammengerutscht zu sehen. Das Flugzeug, indem es aufstieg, bewegte sich sanft und schwebend, und auch der Motor knatterte nicht mehr wie ein zerrissener Donner, sondern brummte, zwar immer noch laut, gleichmäßig. Roberts Körper gewöhnte sich bald daran, empor getragen zu werden, und die seltsam haltlose Lage, die in seinem Magen ein fortdauerndes Kitzeln erzeugte, begann ihm Vergnügen zu bereiten. Angst brauchte er keine mehr zu haben, denn sein Vater saß gelassen neben ihm, hantierte an den Hebeln und steuerte so heiter entschlossen ins Geratewohl hinein, daß Robert an der Richtigkeit dessen, was geschah, nicht zweifeln konnte. Das war Fliegen, nichts anderes, und also flog Robert. Es war bei weitem abenteuerlicher als die Raupen und Cortinabahnen auf der Kirmes. Hier ging es nicht im Kreise, sondern frei nach oben und nach vorn. Und dabei sah Robert das riesige Gelände, das die Welt war, aus einer wundervoll sicheren, gleitenden Höhe, er glitt darüber hin wie in einem träumerischen Sieg. Die Erde, die verlassene, zeigte ein sonntäglich geputztes Gesicht, einen Glanz, den sie vorher kaum besessen hatte. Die Straßen glichen silbernen Rinnsalen, die Autos trieben wie blinkende Käfer darin, die Wiesen und Felder lagen säuberlich gekämmt und leuchteten im Sonnenschein, auch noch die Häuser, deren es hier nur wenige gab, strahlten in blendendem Weiß und spiegelten mit ihren Dächern purpurn das Licht. «Das ist alles klein geworden, was?» rief sein Vater, und sie beide mußten lachen, Robert in dem Gefühl, daß er die Mächtigkeit des Fliegens mit seinem Vater teilte.

Sie saßen nebeneinander, und jeder hatte ein schmal eingebogenes Steuerrad vor sich. Roberts Hände hielten das

Steuerrad und folgten seinen Schwenkungen. Manchmal half er ein wenig nach und bestimmte die Richtung mit. Auch beobachtete er wie sein Vater die Uhren und Meßgeräte. Sein Vater hatte ihm alles erklärt, den Höhenmesser, den Geschwindigkeitsmesser, den Öldruck-Anzeiger, die Trimmung, den Kompaß, aber alles hatte Robert wieder vergessen, er sah auf die Armaturen, und teils ahnte er ihre Bedeutungen, teils erfand er sie sich.

Dann näherten sie sich der Stadt. Ein unüberblickbares Meer von Häusern tauchte unter ihnen auf. Sie folgten dem Schlangenlauf des Flusses. Sein Vater zeigte ihm den Hafen, die Kräne und die Kohlehalden und weiter flußaufwärts die Gerbereien. Und dort, das sollte die Fabrik seines Vaters sein, darauf stand in eckigen, weißen Buchstaben: Konrad Blum. Dieses finstere Gebäude, in dem es bitter nach Leder roch, wie harmlos und wie wenig drohend war es jetzt, inmitten von strauchgroßen Baumkronen, von ihnen beinahe überdeckt. Sie flogen über einen Hügel, den Ölberg, und, umgeben von neuen Häuserreihen, stand in rotem Verputz die Schule, die Robert neuerdings besuchte. Leer und tot lag der Schulhof, nur ein geringes Rechteck aus blankem Asphalt. So hoch erhoben über den strengen Mauern, der alltäglichen Fremde, dem schwitzenden Gehorsam zu sein, war ein lustiges Wunder und ein Traum zugleich. Gekränkt zog sich die Wirklichkeit hinter den Flügeln zurück. «Jetzt gehen wir runter», rief sein Vater, denn sprechen ließ sich nicht. In einem weiten Bogen zogen sie über Saarn und näherten sich den Dächern. Da tauchte der Wald auf. Der Kirschbaum, die Birken, das Haus, die Wiese hinter dem Haus, der Hund rannte über die Wiese hinter ihnen her, mit plötzlicher Schwere sackten sie der Erde zu, sein Vater drehte das Steuerrad, die Flügel stellten sich schräg, sie kehrten um, und neben sich, durch das Seitenfenster, unter sich, sah Robert wieder, doch nun zum Geifen nah, das Haus, die Fenster, die Terrasse, die Wiese, seine Mutter stand winkend darauf, und der Hund rannte um sie herum, und da kamen seine Geschwister aus dem Haus, seine beiden Brüder, seine Schwester, sie winkten, Robert und sein Vater winkten zurück, sie lachten, und noch einmal, in einem dumpfen Sturz, fielen sie der Erde näher, so daß Robert Beklemmung und Glück gleichzeitig verspürte.

Robert gab als erster seine Arbeit ab. Ein paar Köpfe hoben sich und folgten seinem Gang zur Tafel. Herr Klein blickte von seinem Buch auf.

«Geht's gut?» fragte er leise.

«Ich bin fertig», sagte Robert und legte das Heft auf das Pult.

Herr Klein sah ihn aus seinen wässrig blauen Augen an. Und zum ersten Mal entdeckte Robert darin eine freundliche Müdigkeit.

Als er zu seinem Platz zurückkehrte, rief Simon ihm zu: «Wartest du?»

Robert schüttelte den Kopf. Jetzt war er frei. Er wollte in einem einzigen tiefen Ein- und Ausatmen die Schule verlassen. Es hatte zu regnen aufgehört, die Straße, der Vorplatz lagen in friedlich verrinnender Nässe. Robert wollte jetzt in der Stadt bummeln, Buchhandlungen durchstöbern und dann vielleicht in einem Café eine Schokolade mit Sahne trinken. Er packte seine Schultasche und verließ das Klassenzimmer.

Ein Flug mit meinem Vater, dachte er. Vergnügt lief er, seine Tasche unter dem Arm, die Treppe zur Pausenhalle hinunter. Überall herrschte noch das graue Licht der Regenzeit. Die Pausenhalle war leer, aus dem Musiksaal drang die kläffende Stimme des Musiklehrers. Da sprang ihm ein leuchtendes Gelb in die Augen. Das Mädchen stand, beinahe versteckt, hinter dem Aquarium. Sie stand nicht allein. Ein Junge in ihrem Alter stand neben ihr, und Robert, bevor er wegblicken konnte, sah, daß ihre Gesichter sich fast berührten. Er ging hinaus. Von den Bäumen tropfte es. Ein Flug mit meinem Vater, dachte er. Eines Tages, als ich sechs Jahre alt war. Dann nahm er den Weg in die Stadt.

HANDSCHINS KARRIERE

Eines Abends Ende Sommer, nach einem eher langweiligen und geschäftlich enttäuschenden Tag, saß Edward Handschin in einer im hinteren Laden gelegenen Nische, wo er die Tageskasse abrechnete und die Geldbombe fein säuberlich mit Geldscheinen füllte, und wartete auf den Anruf von Herrn Moll. Edward Handschin war Dekorateur im Mollschen Bekleidungshaus, das einem Ring deutscher Modehäuser angehörte, und fungierte nebenher als Angestellter für die verschiedensten Zwecke. Er verkaufte, arbeitete im Lager, wurde als Bote geschickt, und manchmal hatte er für ein paar Stunden die Stelle des Geschäftsführers inne, der am Abend auch die Kasse besorgte. Höchst selten kam das vor, nämlich nur dann, wenn die erste Modistin, Frau Herchenrath, in Ferien war und Herr Moll aus irgendeinem Grunde das Geschäft früher verlassen mußte oder wollte. Es war kein geringes Vertrauen, das ihm da entgegengebracht wurde, und wenn es auch kein regelrechtes Herzklopfen in ihm auslöste, so erfüllte es ihn doch mit Nervosität. Er war so lange nervös, bis er wußte, daß die Zahl, die er vom Kassenzettel ablas, mit der Summe der Scheine, die er in die Kassette legte, übereinstimmte. Er führte seine Nervosität auf die Unüblichkeit der größeren Aufgabe zurück, der er sich allerdings in jeder Hinsicht gewachsen fühlte und die ihn auch als Möglichkeit lockte, sich unter Beweis zu stellen.

Das Vertrauen, das er zu so seltenen Gelegenheiten genoß, war um so erstaunlicher, als sein Chef in einem geringschätzigen Ton mit ihm verkehrte. Edward konnte ihn wegen dieses Tones hassen. Im Grunde haßte er schon das Wort Chef, für ihn war Herr Moll nicht Chef, sondern eben Herr Moll, während Edward für Herrn Moll schlicht Handschin war, eine Funktion, eine Wirkung aus fremder Ursache, fremder Unruhe. Handschin soll mal, Handschin Sie müssen heute, Handschin können Sie die Kasse machen? Er konnte. Ihn störte es wenig, daß er erst eine halbe oder dreiviertel Stunde später als gewohnt nach Hause käme. Schließlich nahm er seinen Beru ernst, er war Mitte Dreißig. Er hatte manches ausprobiert, er hatte sich früh für Kunst interessiert, hatte selbst gemalt und dann ein paar Semester Kunstgeschichte studiert, er war in den USA gewesen und hatte sich dort auf dem Bau durchgeschlagen, und manchmal träumte er noch von dieser Zeit, als habe sie ein Versprechen enthalten. Etwas von dem Unsteten seines früheren Lebens mochte ihm noch anhaften, er hörte zumindest eine solche Einschätzung aus Herrn Molls Tonfall heraus.

Das Telephon blieb stumm. Es war schon fünf Minuten über der Zeit. In dem weitläufigen Geschäftsraum breitete sich das schwefelgelbe Licht der Spätsommersonne aus, es verfing sich in den dicht behangenen Kleiderständern und ließ hier und da plissierte Ärmel, Streifen Taft aufleuchten. Tiefe Stille herrschte nach dem stundenlangen Summen der Geschäftigkeit, denn auch, wenn nichts zu tun war, ging ein beständiges Treiben im Laden, es bedurfte wenigstens der Miene und des Geräuschs unabkömmlicher Tätigkeit, und dann klingelte doch hin und wieder die Kasse wie während der heiligen Wandlung, und der Geschäftsgeist kam erlösend auf die Verkäufer hernieder.

Gegenüber auf dem Marktplatz saßen Leute vor einer Eckwirtschaft und gaben sich der leichten Stunde des Abends hin. Edward wollte nicht länger warten, er lief eine schmale Treppe zum ersten Stockwerk hinauf, um seine Sachen zu holen. Oben waren die Belegschaftsküche, das Büro und das Chefzimmer, daneben ein kleines Bad, in dem man an zu heißen Tagen duschen konnte. Edward nahm Jacke, Autoschlüssel und Zeitung und sah sich in den Räumen um. Die Kaffeemaschine war abgestellt, das Büro war aufgeräumt, nur das Zimmer von Herrn Moll schien wie immer in Eile verlassen worden zu sein. Auf dem Schreibtisch lag ungeordnetes Papier, Rechnungen, Briefe, Modezeitschriften, Prospekte. Neben der elektrischen Uhr, die mit roten Ziffern den Lauf der Zeit festzuhalten suchte, stand das Foto von Frau Moll, ein diva-artig geschminktes Gesicht mit blond geschwungenen Haaren, der Hals von einem Pelzkragen, wahrscheinlich Nerz, umlegt. Für Edwards Geschmack war es zu sehr ein Atelierfoto, zu gestellt, aber immerhin lächelte dieses Gesicht nicht auf Geheiß des Fotografen, und zweifellos war Frau Moll eine gutaussehende Frau. Edward malte sich aus, wie ihr Mann von diesem Bild beflügelt wurde. Es war das Portrait eines Besitzes, einer Trophäe. Mit der Genugtuung auch dies zu haben, saß Herr Moll an seinem Schreibtisch, mein Geschäft, meine Angestellten, mein Haus, meine Wohnungen, meine Frau. Er war keine zehn Jahre älter als Edward, ein kleiner, früh und lockig ergrauter Mann, der mit seiner schiefen großen Nase mehr Luft zu bekommen schien als andere und voll sprunghaftem Unternehmungsgeist steckte. Nicht, daß Edward ihn beneidete, er beneidete niemanden, auch nicht sich selbst. Er wunderte sich nur über die Menschen, die im Leben standen, als gebe es einen besinnungslosen Zweck darin, mehr zu scheinen, mehr zu haben, mehr zu sein als andere. Der Chef war mehr als der Geschäftsführer, der Geschäftsführer war mehr als der Dekorateur, der Dekorateur war mehr als die Verkäufer, die Verkäufer waren mehr als die Putzfrauen, die Putzfrauen waren mehr als die Nachbarn, die Nachbarn waren mehr als die Hausierer, die Hausierer waren mehr als die Straßenbettler, die Bettler waren mehr als die Toten.

Das Telephon klingelte unten im Laden. Edward drehte sich auf dem Fuß um und lief die Treppen hinunter. Beim fünften Klingeln nahm er den Hörer ab und sagte atemlos:

«Moll's Bekleidungshaus, Handschin.»

«Moll hier. Sie sind noch da, Handschin?»

«Ja, guten Abend, Herr Moll. Ich habe auf Ihren Anruf gewartet und noch oben nach dem Rechten gesehen.»

«Sie sind ja ein treues Seelchen, Handschin. Wieviel war in der Kasse?»

«3346 und ein paar Pfennig.»

«Da habe ich schon mehr gelacht.»

«Es ist das Sommerloch. Die Leute kommen aus dem Urlaub zurück und haben ihr Geld ausgegeben», sagte Edward in dem Gefühl, diesen Satz schon ein dutzend Mal gehört und ein dutzend Mal gesagt zu haben.

«Hören Sie, Handschin, morgen kommt ein Dessous-Vertreter, ich habe seinen Namen vergessen, Isebart oder so ähnlich. Ich glaube, ich werde da einen Termin haben. Können Sie sich das mal anschauen?»

«Wir führen doch keine Unterwäsche», sagte Edward verwundert.

«Ja, ja, Sie sollen es sich auch nur mal ansehen. Es gibt in Hoffthal noch gar kein Geschäft, das modische Lingerie anbietet. Das ist eine Lücke, Handschin, in die wir vielleicht vorstoßen können. Da spielt es keine Rolle, ob wir das führen.»

«Ja, ich werde es mir ansehen.»

«Und wenn Sie zwei, drei gute Sachen finden, dann nehmen Sie sie.»

«Ja.»

«Gut, bis morgen dann.»

«Auf Wiedersehen, Herr Moll.»

Edward legte auf. Jetzt begann der freie Abend, unwiderruflich. Er löschte das Licht, warf sich die Jacke über die Schulter und ging durch den Laden zur Tür. Draußen war es noch hell. Er trat auf die Straße und stieß in die wehende, dunstige Luft des Sommerabends, die leicht nach Fäulnis roch. Edward dachte an die schlechtgewordenen Früchte der Marktstände, aber die Marktleute hatten ihre Zelte längst abgebrochen. Vielleicht war es auch nur der Atem der Stadt, vielleicht roch die Stadt so, wenn sie ihre Fensterhöhlen öffnete und ausatmete.

Edward mußte noch die Tür verriegeln. Sie hatte oben, beinahe in Höhe des Türsturzes, und unten, beinahe am Boden, je ein Schloß, aus dem ein Metallstift in den Eisenrahmen sprang. Es war jedes Mal ein Gezerre, bis die Tür in der richtigen Position war. Als Edward sich damit abmühte, die linke Hand zum Griff erhoben, die rechte mit dem Schlüssel am Bodenschloß, spürte er plötzlich, daß ihn jemand beobachtete. Beobachten, fand er, war erlaubt, auch zu unfreiwillig komischen Gelegenheiten, wenn der Held mit ausgebreiteten Armen vor einer Glasscheibe kniete. Aber der Blick, den er auf sich ruhen fühlte, war nicht von belustigter Neugier, sondern beharrlich musternd, als beobachte er sich selbst. Wer sah ihn so an? Er wollte sich zur Straße wenden, obwohl er wußte, daß niemand dort stand und daß auch niemand aus dem gegenüberliegenden Haus auf ihn niederblickte. Da bemerkte er ein schmales, irritierend schönes Gesicht, das ihn unverwandt aus starren Augen ansah. Ein kalter und beinahe schmerzender Glanz ging von ihm aus. Die Puppe stand schräg von ihm im Schaufenster, eine Frau in schwarzer Abendgarderobe, die an einem kleinen Fest teilnahm, das Edward vor wenigen Tagen gestaltet hatte. Sie stand wie in flüchtigem Gespräch mit jemandem, den Edward nur von hinten sehen konnte, einem Mann in gedecktem Anzug, doch sie sah an diesem Mann vorbei und heftete ihren unerklärlichen Blick auf ihn, Edward, der vor der Tür kniete. Edward fühlte Scham in sich aufsteigen. Eine Puppe, dachte er, eine Puppe. Der Metallstift sprang ins Schloß. Edward stand auf und wendete sich ab.

Edward Handschin wohnte zwei Kilometer nördlich von Hoffthal in einer namenlosen Siedlung, die sich um einen kleinen Berg vulkanischen Ursprungs drängte. Anfänglich war diese waldige Gegend von Hoffthaler Bauern urbar gemacht und bebaut worden. In den frühen fünfziger

Jahren waren Flüchtlinge angesiedelt worden, und jetzt zog sich Hoffthal, das neuerdings zur Stadt ernannt und im Aufstreben begriffen war, dort eine mittlere Industrie heran, ein Kalkwerk, eine Betongießerei, zwei Lederwarenfabriken, sogar einen schwedischen Autokonzern hatte man überredet, seine Fahrzeuge am Rande der Hoffthaler Felder zu montieren. Straßen waren versprochen, große asphaltene Haldeplätze und Lagerhallen waren in Bau, es ging aufwärts irgendwohin, die junge Siedlung strotzte von Baggern und Baustellen, erste bungalowähnliche Villen entstanden oben am Berg, Claims wurden abgesteckt, ein Geigenvirtuose hatte vorsorglich sein Namensschild an einem Bauzaun anbringen lassen. Es war die Zeit der Stadtplaner, Architekten und Statiker, und es gab einen Begriff, den sie im Munde führten, der alles erklärte, indem er alles zu verursachen schien: INFRA-STRUKTUR, ein magisches Wort.

Edward kam müde zu Hause an. Er hatte die Gewohnheit, das Treppenlicht außer acht zu lassen und im Dunkeln hinaufzusteigen. Er wohnte im zweiten Stock, die Treppen zogen sich wie schmale lange Gänge an den Wänden entlang, den Treppen seiner Kindheitsalpträume gleich, in denen er allabendlich ins ungeheuerlich hoch gelegene Bett geschickt wurde und schluchzend wußte, während er die Stiegen emporkletterte, daß seine Eltern, sobald er nur oben wäre, ihn verlassen würden. Im ersten Stock roch es nach der Küche der dortigen Bewohnerin, einer alten schlesischen Schneiderin, die hin und wieder kleine Näharbeiten für Edward übernahm.

Ein Stockwerk darüber schlug er die Tür hinter sich zu

und ließ sich erschöpft auf sein Sofa fallen. Manchmal dachte er, daß Tage, an denen wenig zu tun war, wie jetzt am Ende des Sommerschlußverkaufs, ihn noch mehr auslaugten als wirklich anstrengende Arbeitstage. Er schaltete auch in seiner Wohnung kein Licht an, sondern starrte in die Dämmerung. Der aschgraue Himmel über den nahen Häusern verwandelte sich langsam in die Nacht. Es tat Edward wohl, diese stille Verwandlung mitanzuschauen. Er konnte noch etwas trinken und Musik hören, anderes vermochte er nicht mehr. Im Radio fand er das Violinenspiel einer Sinfonie, aus dem Eisschrank holte er sich eine Flasche Bier. Er ließ sich wieder aufs Sofa fallen, sah in das Schwinden des letzten Lichts und dachte für eine Weile, oh Mensch, oh Zeit. Die Musik hob ihn mächtig in die Sphäre eines neuen Lebens, das Bier labte seine Eingeweide, die Dunkelheit tröstete seine Augen. Dann kamen Bilder aus der Vergangenheit hervor, er saß in der Universität und lauschte einer Vorlesung über ägyptisierende Portale des 19. Jahrhunderts, und neben ihm saß Kläre Blum, die er liebte, dann ging er im zugigen Vermont in ein Schnellrestaurant, dort saß Cindy auf einer Bank, wartete auf ihr Essen zum Mitnehmen und hatte keine Unterhose an. Er war zu oft aufgebrochen, hatte zu oft zu schnelle Entscheidungen getroffen, jetzt aber, dieses eine Mal in seinem Leben, wie schwierig es auch sein mochte, wollte er durchhalten. Durchhalten war alles. Heimlich lächelte ihm eine Unbekannte zu, er hatte sie schon irgendwo gesehen, er überlegte, wo es gewesen war, auf der Straße, in einem Geschäft, im Applaus verschwand sie. Die Ansagerin sagte: «Sie hörten die Dritte Sinfonie in d-moll von Anton Bruckner, ausgeführt vom Sinfonie-

Orchester des Hessischen Rundfunks unter der Leitung von Dean Dixon.»

Edward putzte sich die Zähne und ging zu Bett. Von weither drang das Quietschen irgendwelcher Autoreifen an sein Ohr, er konnte nicht unterscheiden, ob es auf der Straße oder in einem Fernsehgerät geschah. Er atmete tief durch. Morgen mußte er wieder im Geschäft stehen, besinnungslos wach sein, doch das würde er schaffen. Sollte da nicht ein Vertreter kommen, Eisenbart oder so ähnlich? Auf der schwäbschen Eisenbahn kommt der Doktor Eisenbart, la lalah, lalah, lalah, lalah, lalah, la lalah. Es war doch erstaunlich, daß Herr Moll ihn selbständig eine Kollektion sichten und daraus bestellen ließ. Wirklich erstaunlich. Edward zog sich vor Freude zusammen. Die Stunde schlug. Zehn, elf? Es gab sogar eine kleine Kirche in der Siedlung. Die Menschen waren so katholisch. Er war es auch einmal gewesen. Als kleiner Junge. Oblate und Wandlung. Oblate und Wandlung. Auf der Zunge lag der Geist. Er atmete tief. Sein Mund entspannte sich, die Zunge fiel gegen den Gaumen, der Tod stieg in sein Gesicht.

In einem klaren, dichten Blau schwang sich der Himmel über das Firmament, und die Sonne stand über dem dunklen Waldsaum. Unwichtiges und Wichtiges mischten sich angenehm unentschieden in Edward Handschins Kopf, als er in Hoffthal einfuhr: er wollte in der Mittagspause einkaufen gehen, sich für das Wochenende ausstatten, am Sonntag, überlegte er, wollte er mit Bekannten eine Wanderung unternehmen, man konnte ja schon Pilze sammeln. Und er wollte sich auch Gedanken über das Herbstschaufenster machen, eine Spaziergänger-Szene im Wald mit den neuen schönen Loden- und Regenmänteln und mit einem Hund, der geradewegs zum Fenster hinausstürmte.

Auf dem Marktplatz bauten die Händler ihre Tuchdächer auf, darunter ein Universum aus schönen Früchten, Äpfeln, Birnen, Beeren, aus Gemüsen und Kräutern. Pünktlich fand sich auch ein Musikant ein, der auf bloßen gepolsterten Kniestümpfen neben seiner Drehorgel einherhumpelte. Edward wich ihm aus. Es war ein schmaler Weg zwischen den Marktständen und den Geschäftshäusern, die hinter blanken Fensterscheiben ihre Waren, Messer, Schere, Licht, ausstellten. In der Mitte des Marktplatzes stand, nein erhob sich auf einer dickbäuchigen Säule der Hoffthaler Siegesengel, der allen Niederlagen zum Trotz noch immer freudeschwingend einen Kranz in seiner rechten Hand hielt, einem Tambourin gleich, und von dem man, da er seine steinernen Flügel auseinander gefaltet hatte, nicht sagen konnte, ob er im Begriff stand, zu landen oder empor zu schweben.

Edward trug seinen graumelierten Lieblingsanzug, der ihm, wie er fand, etwas Großstädtisches verlieh, und er dachte frohen Mutes, daß es die Dreißigjährigen waren, die jetzt die Welt in Besitz nahmen, indem sie kraft ihrer abgelegten Jugend, ihrer verlorenen Illusionen die Lebensdinge zu gestalten begannen; so ungefähr dachte er, als er plötzlich, mitten in seinem Gehen, einen Schlag verspürte. Die Arme wurden ihm steif, der Kragen klemmte seinen Hals, er wußte nicht Wie und nicht Was, etwas stockte in ihm, sein Atem, sein Pulsschlag, sein Schlucken: die gespenstige Puppe sah ihn an. In ihrem Blick lagen Scheu und Not, als habe sie auf ihn gewartet und müsse nun, da er sie entdeckte, fürchten, daß er sie abweise. Und sie konnte sich nicht von ihm wenden, sie war gefangen in ihrem Blick, sie war preisgegeben. Er erkannte im Näherkommen die blendende Schönheit und Süße dieser Frau, in deren Gesicht eine unbestimmbare Verlegenheit und zugleich eine undurchdringliche Kälte zu stehen schien. Geradezu aufreizend hatte sie ein Bein vorgestellt, so daß der schwarze Seidenrock, den sie trug, sich über ihrem Knie spannte und seitlich einen Gehschlitz öffnete, der das Dunkel ihrer Beine ahnen ließ. Es war nichts als ein perspektivischer Zufall, daß sie ihn heute wie am Abend zuvor ansah, und in Wahrheit sah sie nicht, vielmehr waren gläserne Folien über ihre Augenhöhlen geklebt, irisierend grünblaue Folien, das wußte Edward, und er rief es sich in Erinnerung.

Herr Moll stand hinter der Zahltheke, sortierte die Post, und sein frettchenhaftes Gesicht wandelte sich zu einem leeren Grinsen, als Edward den Laden betrat.

«Herr Handschin hat sich in Schale geworfen?» sagte er.

Herr Moll selbst trug ein ausgebeultes Jackett über einem zerschlissenen Hemdkragen. Mit aller Wendigkeit seiner kleinen Glieder schwang er sich um die Theke herum und besah sich Edward von oben bis unten.

«Das ist recht», sagte er. «Wir wollen ja vor den Kunden nur den besten Eindruck machen.»

Es blieb Edward nicht verborgen, daß die beiden Verkäuferinnen, Frau Prager und Fräulein Klauke, sich an der lächerlichen Szene mit frohen Mündern beteiligten. Lächerlich war die Szene für Herrn Moll, nicht für ihn, befand Edward. Er wußte auch nichts zu erwidern, sagte nur:

«Guten Morgen.»

«Sagen Sie mal, Herr Handschin», fuhr Herr Moll fort, «ich habe heute früh bemerkt, daß das obere Schloß nicht abgeschlossen war. Ich habe schon ein dutzend Mal, Ihnen aber wohl noch nicht oft genug gesagt, daß beide Schlösser verriegelt werden müssen. Wann werden Sie das wohl begreifen?»

Edward, der vor der frechen Energie des Mannes erschrak, stammelte eine Entschuldigung. Er müsse aus Flüchtigkeit das Schloß vergessen haben. Soweit er sich entsinne, habe er es erst ein einziges Mal, nämlich ganz zu Anfang vergessen, sonst jedoch nie.

«Ja, eben, Ihre Flüchtigkeit», sagte Herr Moll. «Darüber könnte man Bände schreiben. Sie sind mit Ihren Gedanken immer nur bei Ihren Schaufenstern.»

Was hieß, bei seinen Schaufenstern? Schließlich waren die Schaufenster nicht sein Privatvergnügen, sondern ein Teil des Geschäfts. Still empörte sich Edward. Frau Prager, eine betagte gute Seele, die immer ein wenig nach Schweiß roch, und Fräulein Klauke, eine begabte Tischtennisspielerin, hatten sich während des weiteren Gesprächs in den Hintergrund des Ladens zurückgezogen und klapperten mit Kleiderbügeln. Es war ein finsterer Laden, eine Verkaufsanstalt ohne Geschmack, ein Discount für Moden, die ihm gar nicht anstanden. Was Mode war, was Kleidung hieß, die bittere und notdürftige Freiheit von Menschen, die sich nackt erkannt hatten und seither in immer neuen, nie ausreichenden Kleidern und Hosen durch die Welt irrten, davon hatte der boshafte Zwerg, der vor ihm stand und diesem Laden vorstand, keine Ahnung, geschweige denn Kenntnis.

Der dachte nur ans Geldverdienen und wie er sich bei denen süß und wichtig machen konnte, deren Geld er brauchte. Was wußte er davon, daß in den Toiletten der Bürgerinnen Tallien und Beauharnais sich der Geist des Thermidor veranschaulicht hatte, wie Edward es noch auf der Hochschule exzerpiert hatte. Nichts wußte er davon, nichts von dem Kleidungsexzeß, der die alte reine Schamlosigkeit wiederzuerlangen suchte, nichts, nichts. Edward lief wie vor einem Gespenst fliehend die Treppen hinauf und spürte ganz fern in sich ein Schluchzen, das für sich blieb und nicht nahte.

Den Vormittag über, solange er im Hause war, gefiel sich Herr Moll in feindseliger Aufseherlaune. Frau Prager und Fräulein Klauke huschten auf leisen Sohlen durch den Laden und überschütteten jeden Kunden mit übertriebener Freundlichkeit. Edward dagegen bekam die Breitseite des Mollschen Mißmuts ab, er wurde geschickt wie ein dummer Junge. Die einfachsten Handgriffe und Tätigkeiten, die er ohnehin ausgeführt hätte, wurden ihm mit schneidender Stimme befohlen. Und wenn Herr Moll *Herr* Handschin sagte, so klang darin ein noch größerer Spott als wenn er sich feldwebelartig mit dem bloßen Namen begnügt hätte. Laufen Sie mal zur Bank, Geldwechseln, *Herr* Handschin, drehen Sie die Markise herunter, *Herr* Handschin, hängen Sie die Pullover wieder richtig, *Herr* Handschin, füllen Sie die Ständer auf, *Herr* Handschin, stehen Sie nicht so herum, es gibt genug zu tun, *Herr* Handschin. Eine dumpfe Ohnmacht stieg in Edward auf. Er presste die Lippen zusammen und schnaufte.

Es war geradezu eine Erlösung, als er in die Schaufenster geschickt wurde, um die Sommerdekoration abzubauen.

Dort, in der gläsernen, demonstrativen Welt, in der er kriechend allen Passanten zur Ansicht diente, war er wenigstens in seinem eigenen Bereich. Draußen humpelte der Drehorgelmann, der seinen Orgelkasten immerfort neben sich herschob und seinen Kopf fast bis zum Boden beugte, wenn jemand ein Geldstück in seine Schale warf. Durch die Glaswand drang die Musik nur milde an Edwards Ohr, der alte, sich nie wandelnde Gesang von Niemehrfern und Immernah, dessen öde Fröhlichkeit keiner der Einkaufenden teilte. Er brachte nur die Luft zum Erzittern, das war alles und der Freude genug. Irgendwann ging Herr Moll vorbei, er ging schnurstracks, ohne Steifheit, über den freien Platz, seine Beine hatten den nach innen gewendeten Schwung eines Mannes, der in seiner Jugend Fußball gespielt hat, seine Hände irrten nicht hilflos in der Luft herum, mit Bestimmtheit waren sie beschäftigt, griffen in die Taschen des Jacketts, rieben Staub von der Stirn, keine gezwungene Gelassenheit haftete diesem Manne an, er ging, indem er nicht so tat, als sei er in sich selbst versunken, vielmehr schien er einem Ziel zu folgen, einer Aufgabe, einer Pflicht, ohne Wankelmut, seinen Kopf, seine schiefe Nase geradeaus haltend, ein kleiner Mann, der links und rechts beiseite ließ, so verschwand er.

Edward sammelte die Sommerdekoration ein, die Wasserbälle, Kinderschaufeln und Eimerchen, den Sonnenschirm, den weißen Sand, den er häufchenweise im Schaufenster verteilt hatte. Eine Komposition sommerlicher Lustbarkeiten, inmitten derer die Puppen in leichter heller Kleidung zu stark herabgesetzten Preisen promenierten. Im Schaufenster nebenan nahmen die Puppen bereits an der spätsommerlichen Party teil. Zu ihr fühlte sich Edward, während er zwischen den Knien der Strandurlauber hockte und den Sand in die kleinen Eimer schaufelte, hingezogen. Ein Fest war dort im Gange, wie es die Hoffthaler noch selten erlebt hatten. Mit wenigen geschickten Strichen hatte Edward ein Klavier an die Pappwand gezeichnet und eine Puppe als Klavierspieler davorgesetzt. Man konnte nur ahnen, welche Musik er spielte, eine alte Filmmelodie oder etwas von Rachmaninow. Eine Begrüßung neuer Gäste, die zu dem Schaufensterfest hinzukamen, fand an der Dekorateurstüre statt, die aus Gründen der Realitätsnähe zum Laden hin offen stand. War es nicht verblüffend, mit welcher gestischen Naturtreue dort ein Paar zur Tür hereinkam und vom Hausherrn empfangen wurde? Und mit welch kühlem Stolz standen die anderen Puppen, die Frauen zumal in ihren silberfarbenen und bordeauxroten dekolletierten Abendkleidern da, gelassen und unberührbar. Die Schöne, die Edward so durchdringend angeschaut hatte, wendete ihm jetzt den Rücken zu. Doch noch indem sie sich abkehrte, übte ihre feingliedrige Gestalt einen unwiderstehlichen Reiz auf ihn aus. Eine Spur von Leichtsinn überkam ihn, indem er diese Frau und diese gelungene Szenerie betrachtete.

Als er wieder in den Laden trat, stellte sich ihm ein Mann in den Weg, der ihn mit Herr Moll anredete und etwas von einer Autopanne erzählte. Nun war Herr Moll keine Reparatur-Werkstatt, und Edward war nicht Herr Moll. So sagte er kurz angebunden:

«Herr Moll ist nicht im Haus», und wollte an dem Fremden vorbeigehen.

Dieser hielt ihn aber am Arm fest.

«Hören Sie, mein Name ist Giesebrecht, Raimund Giesebrecht, ich habe eine Verabredung mit Herrn Moll, der sich meine Unterwäsche-Kollektion anschauen will.»

Edward fand es komisch, wie verbissen dieser Mann auf seinem Namen bestand. Er machte ohnehin einen leicht verworrenen, ungekämmten Eindruck, und sein Anzug sah aus, als ob er darin im Freien übernachtet hätte.

«Ach, Sie sind das», sagte Edward begütigend. «Herr Moll hat mich instruiert. Ich soll mir Ihre Ware anschauen.»

Mit dem trotzigen Gewicht dessen, der sich durchgesetzt oder sein Recht genommen hatte, ging nun Herr Giesebrecht zu seinen schwarzen Koffern, die er an der Verkaufstheke abgestellt hatte, und trug sie herbei. Dies sind die Koffer des Doktor Eisenbart, dachte Edward, finstere Gefäße für Operationen, Amputationen, Entwurzelungen.

Während der Vorstellung seiner Ware redete Herr Giesebrecht unaufhörlich preisend auf Edward ein, der mit kurzem Blick die turnväterliche Gestalt der Unterwäsche erkannte. Es waren stoffliche Gebilde, wie sie vielleicht antarktisch Verschollene einmal getragen hatten.

«Es ist keine einzige Kunstfaser darin», sagte Herr Giesebrecht.

Gesundheit und Kraft durch leibliches Mißvergnügen, dachte Edward.

«Wir arbeiten nur mit ersten Häusern zusammen.»

Keine Spur von Lingerie, von Seide und Spitze, kein Schimmer von züchtiger Frivolität und schamlosen Glanz. Nur Donnerhosen und Gewitterhemden. Was wollte dieser Giesebrecht-Eisenbart damit?

«Erkältungen des Nieren- und Blasenbereichs können Sie vergessen.»

Ein Unterwäsche-Quacksalber, das war er. Es fehlte nur noch, daß er Hemd und Hose auseinanderzog, um diese kruden Lappen an seinem eigenen Leib vorzuführen.

«Eine schöne Eigenschaft ist auch die Durabilität.»

Edwards Augen wanderten durch den Laden und blieben bei der halboffenen Dekorateurstüre stehen. Dort war ein Empfang für Gäste. Unter ihnen war eine Frau, die ihn erwartete, während ihm hier, von diesem unglückseligen Vertreter, die Zeit gestohlen wurde. Er lud, freundlich bedauernd und unverrichteter Dinge, Herrn Giesebrecht aus und sprach, da das Geschäft durchgehend geöffnet war, mit seinen Kolleginnen, Frau Prager und Fräulein Klauke, die Mittagspause ab. Dann ging er einkaufen.

Die Mühe des Nachmittags erfüllte Edward zunehmend mit Bitterkeit. Er spürte, wie Feuchtigkeit von seinem Körper in seine Kleidung drang. Er lief die Treppen hinauf und hinunter, zehn Mal, zwanzig Mal, bis er das Schaufenster leergeräumt hatte. Dann war er, wie die Verkäuferinnen, für den Rest des Tages Höfling am Hof des Kunden, eines Despoten, der stets nach dem suchte, was nicht vorhanden war. Die Freundlichkeit, zu der Edward sich anhielt, schmerzte und vergiftete ihn. Neben sich und bei sich fühlte er ein Fest stattfinden. Ihm stand der Sinn nach einem Fest. Er hatte in der Mittagspause eine Flasche Sekt gekauft. Doch die Zeit schien still zu stehen, das Leben schien still zu stehen. Nur das Karussell der Kunden drehte sich bunt in den Pastellfarben der Saison. Manchmal klingelte die Kasse, Münzen sprangen mit irrem Gelächter in ihre Näpfe,

Hände nahmen ein, gaben heraus, es war kein Nehmen und Geben, es war ein Wegstecken und Vonsichtun, ein Kaufmannsladen ohne Spiel. Einmal klingelte auch das Telephon, Herr Moll verriet, daß er für den weiteren Abend verhindert sei. Das geschah schon spät. Doch die Kunden lechzten noch nach Auskunft. «Das hob, das hatte eine Note, das verjüngte, das wirkte, das gab Profil, das hob.» Die Zeit stand still. Schmerz und Gift stiegen in Edward auf, mit Abscheu wendete er sich, wenn ein Kunde in die Umkleidekabine trat, ab, mit höflicher Aufmerksamkeit wendete er sich ihm, wenn er in neuem Anzug unverwandelt daraus hervorkam, wieder zu.

Dann, als hätte eine sanfte Hand sie eingesammelt, verschwanden die Kunden. Frau Prager und Fräulein Klauke ordneten die Ständer, Edward nahm die Schecks aus der Kasse und bereitete die Abrechnung vor. Für Herrn Moll war es durchaus typisch, daß er ihn am Morgen noch drangsaliert hatte und ihm am Abend die Verantwortung überließ. Sein Verhalten war ebenso grundlos wie folgenlos.

Die Verkäuferinnen verabschiedeten sich. Edward zog sich in seine Nische zurück. Wieder begann er zu zählen, und wieder überkam ihn Nervosität, wenn er die Geldscheine mit der Summe auf dem Kassenzettel verglich. Da klingelte das Telephon.

«Moll's Bekleidungshaus, Handschin.»

«Moll hier. Handschin, was macht das Geschäft?»

«5230.»

Edward beschränkte sich auf das Notwendigste.

«Na, wer sagt's denn. Das ist doch eine frohe Botschaft. War der Vertreter da?»

«Ja, er hatte aber nur Sachen für die Altkleider-Sammlung.»

«Hätte man sich denken können. Ach, Handschin, denken Sie daran, die Tür unten und oben abzuschließen?»

Herr Moll lachte.

«Ja.» sagte Edward.

«Wir sehen uns dann am Montag in alter Frische?»

«Ja.»

«Gut. Danke.»

Herr Moll legte auf. Der freie Abend begann. Edward löschte das Licht, nur die dekorierten Schaufenster blieben erleuchtet. Er lief die düstere Treppe hinauf und holte seine Einkaufstaschen. Er steckte die Geldbombe, die für den Nachttresor der Bank bestimmt war, in eine der Taschen und kehrte um. Unten im Laden herrschte das graue Licht der ersten Dämmerung. Aus der halboffenen Dekorationstüre fiel ein Streifen Helligkeit. In der Stille vernahm Edward leise Musik und Stimmen. Er gab sich einen Ruck, nahm die Flasche Sekt, ging zu der Tür und schob sie vollends auf. Sein Herz schlug ihm bis zum Hals. Neue Gäste wurden vor ihm bewillkommnet. Er suchte mit den Augen, bis er ihr Gesicht erkannte. Sie stand ihm seitlich zugekehrt. Edward trat vor.

DEUTSCHE BUCHT

Das große Kaffee-Haus stand abseits, versteckt hinter den buschigen Koniferen, doch auch wenn es nicht zu sehen war oder zumindest von der Spitze der Mole aus nicht, auf der Robert sich niedergelassen hatte, so schien es diesen Teil der Insel doch zu beherrschen, ihn unsichtbar zu belasten. Musik drang aus den Mauern hervor, eine fröhlich auftrumpfende Abendmusik, zu der die Ehe- oder Liebespaare sich in plumpen Tänzen drehten und an deren Ende sie und auch alle Sitzenden in die Hände klatschten. Und durch die Spaliere eilten die Kellner, hoben mit abgewinkelter Hand die vollen Tabletts über die Köpfe und hatten schon von der bloßen Erwartung der langen Nacht die Gesichter voll Schweiß. Später, wenn es dunkelte, würde die Musik lauter werden, zu stampfen beginnen, und aus dem dunklen Gehölz würden die Lichter hervortreten. Doch noch war es beinahe still, die Musik klang fern, noch war es hell genug, daß Robert den schmalen Strand und das schroff abfallende Ufer der Landzunge genau sehen konnte. Die Landzunge lag der Mole gegenüber, ein bewaldeter Kegel, der sich aus dem Meer hob und einen weißen Sandweg um sich geschlungen hatte. Dort standen rotgetünchte Bänke, die wie große Blüten an den Baumstämmen hafteten, und auf einer dieser Bänke saß ein Mann, rauchte eine Zigarette und sah zum Meer hinaus.

Die Mole reichte etwa fünzig Meter weit ins Meer. Dahinter standen die Kabinen der Badeanstalt, die schon geschlossen hatte, vielleicht des Festes wegen, das im Kaffee-Haus veranstaltet wurde. Robert fragte sich, welches Fest es wohl sei. Er war über die Holzwandung geklettert und hatte seine Angel mitgenommen. Jetzt, da niemand mehr im Wasser war und der Strand wie ausgestorben lag, da die Hitze nachgelassen hatte, war die beste Zeit zum Angeln. Die Fische kamen hoch und näherten sich dem Strand. Zumindest war Robert davon überzeugt. Aber er hatte plötzlich keine Lust zu angeln. Ob es an der Musik aus dem Kaffee-Haus, ob es an dem Mann lag, der einsam auf seiner Bank saß und ihn beobachten konnte, Robert wußte es nicht. Wahrscheinlich lag es an nichts von beidem. Robert war ganz und gar lustlos, es schien ihm, als gäbe es nichts auf dieser Insel, was er nicht schon kannte, keine Sehenswürdigkeit und kein Geschehen. Das ganze Leben dieser Insel kannte er auswendig. Am liebsten hätte er die Augen geschlossen und sich weggewünscht. Er wunderte sich, daß alles so trostlos schön war, der wie Ebenholz daliegende Spiegel des Meeres, der warme Geruch von den Bäumen und der leichte Fischgeruch über dem Wasser. Es hätte nicht schöner und nicht trostloser sein können. Und das Schlimmste war, daß er mit niemandem darüber reden konnte. Robert dachte an seinen Freund Arnold, mit dem er die Ferien verbrachte. Arnold hätte ihn nicht verstanden, Robert kannte das Gespräch im Voraus.

Was ist los mit dir.

Nichts was soll los sein.

Seit Tagen suche ich dich und nirgendwo bist du zu finden ich war im Kaffee-Haus und.

Ich geh da nicht mehr hin hörst du die Musik.

Ja was ist mit der Musik ich war im Kaffee-Haus und hab stundenlang auf dich gewartet wo hast du denn geschlafen die ganze Zeit.

Im Gemeinschaftshaus.

Sag mal bist du verrückt geworden ich hab gedacht du wärst ersoffen oder was und wollte schon die Polizei verständigen.

Ach Quatsch ich hab's einfach nicht mehr ausgehalten.

Du bist gut ich denke wir sind zusammen hergefahren um zu zelten und du haust einfach ab also das ist das allerletzte.

Ich kann es dir nicht erklären.

Was willst du erklären daß du hier wie ein einsamer Irrer herumsitzt während woanders die Leute die Sommernacht feiern.

Ah das feiern sie.

Was sonst sie feiern den Sommer die Nacht das Leben was sonst sollen sie feiern.

Robert wußte, was er sagen und was Arnold sagen würde. Deshalb hatte er sich fortgestohlen. Trotzdem drehte er sich zum Strand um, als ob er hoffte, seinen Freund dort zu sehen. Der Strand war menschenleer. Nur oben auf dem Hügel war der Mann von seiner Bank aufgestanden und ging in seltsam kurzen Schritten auf dem Sandweg hin und her. Das konnte nicht Arnold sein.

Robert zog seine Schuhe und Strümpfe aus und ließ die Beine ins Wasser baumeln. Vielleicht sollte er schwimmen und dann zum Zelt zurückgehen. In der letzten Nacht hatte er nicht im Zelt geschlafen. Aber heute könnte er zurückgehen und so tun, als ob nichts gewesen wäre. Er zog sich aus und sprang ins Wasser. Er war wirklich der einzige, der jetzt noch schwamm. Er nahm sich vor, nicht darüber nachzudenken, an gar nichts zu denken und einfach hinauszuschwimmen. Unter sich spürte er die Augen der Fische, die ihn beobachteten, und mit jedem Stoß versuchte er, sich von ihren Blicken zu befreien. Aber die Fische waren schneller als er, sie schwammen mühelos mit ihm mit und sahen seinen unbeholfenen Bewegungen zu. Er tauchte seinen Kopf unter Wasser, riß die Augen auf und sah nur Dunkel. Er überwand sich, nicht umzukehren. Sollten die unsichtbaren Fische auch wie Hände um ihn sein, sie würden ihn nicht festhalten, er wollte jetzt weiter hinaus. Ihn lockte die unbestimmte Angst und, sie zu verlieren. Was Arnold sagen würde, wenn er ihn so einsam fortschwimmen sähe, und was wohl der Mann dachte, der ihm gewiß hinterhersah. Auch für sie, für seinen Freund und den Mann, wollte er weit hinaus.

Vor ihm, in unendlicher Ferne, lag die Deutsche Bucht. Er würde tagelang schwimmen müssen, er würde ertrinken müssen, um sie zu erreichen. Das war natürlich Unsinn. Einen kurzen Moment überlegte er, ob er seine Richtung ändern und längs zur Küste schwimmen sollte, aber da erreichte er schon die erste Tiefe, das Wasser wurde kälter und hatte plötzlich eine bleigraue Farbe. Jetzt wollte er auch in diese Region vorstoßen, es war eine Mutprobe und ein Beweis, daß er lebendig war. Er schwamm über einer schauerlichen Tiefe, und ihm wurde schwindelig, wenn er sie sich vorstellte. Alle möglichen Lebewesen mochten dort wimmeln, Krabben und Krebse und Quallen und die größeren Fische mit rotem Fleisch und häßlichen Mäulern, die er einmal zu angeln hoffte.

Die Musik war verklungen. Dafür hörte Robert sein Atmen und das Atmen des Wassers. Unter ihm murmelten die Meergeister, und vor ihm, ganz leise, begann das Brummen eines Motorboots. Er konnte das Boot nicht sehen, das Meer hob und senkte sich in langen Wellen, und wenn er auf eine Wellenkuppe gelangte, sah er nur das nächste Tal und die nächste Erhebung, auf die er zuschwamm. Es war eine Stimme in ihm, die darüber lachte, daß er sich so weit hinauswagte, die über seinen Mut lachte und über die Angst lachte, die jetzt irgendwo zusammengekauert auf der Insel hockte. Er war ein guter Schwimmer, er konnte seinen Kräften vertrauen.

Da hörte er wieder das dumpfe Brummen des Motorboots, und als er seinen Kopf zur Seite wandte, sah er das Boot. Es war eine Yacht, die heimkehrte. Blaues Licht strahlte über ihr Hinterdeck, und Robert sah eine Menge Leute in weißer Kleidung darauf stehen und winken. Sie winkten dem Land zu. Die Yacht machte das Schwimmen schwierig, sie brachte das Wasser auf. Robert schwamm gegen die spitzen Wellen an. Die Leute hörten nicht auf zu winken, sie fuchtelten mit ihren Armen in der Luft herum, sie spreizten ihre Arme ins blaue Licht. Einen Augenblick lang verspürte Robert ein Verlangen, mit den Weißgekleideten auf der Motoryacht zu stehen und mit ihnen in ihrem seltsamen Sieg an Land zu fahren. Er wendete sich um und sah ihnen nach, wie sie sich entfernten. Er sah den dunklen Rücken der Insel, die sich wie ein urweltliches Tier aus dem Meer streckte. Von der Badeanstalt erkannte er nur noch den hellen Streifen der Umkleidekabinen, und daneben war die Anhöhe, auf der vielleicht noch der Mann saß und vergeblich versuchte, den Schwimmer im Auge zu behalten. Robert wollte immer noch nicht umkehren. Lebewohl, kleine Insel, lebewohl Erdenglück, das Leben ist nur Ungeschick. Die Meergeister murmelten im Chor. Erbarme Gott sich unser. Sie hielten eine Messe im Wasserdom und tranken das Blutlose des ewigen Lebens. So einsam mußte das ewige Leben sein, verloren in einer unendlich wogenden Kälte, so einsam mußte der Tod sein.

Die Dunkelheit war aufgezogen, als Robert das Land erreichte. Er fühlte allen Schiffbrüchigen und Gestrandeten die nackte Freude nach, als er taumelnd mit seinen Sachen unter dem Arm die Mole entlanglief. Er kletterte über das Holztor der Badeanstalt und sah zwischen den schwarzen Stämmen der Bäume eine wahre Lichterflut über den Waldboden strömen. Das Kaffee-Haus stand festlich erleuchtet hinter dem Wald. Die Luft und die Erde pulsierten vom Rhythmus der lautgewordenen Tanzmusik. Robert lief an dem Kaffee-Haus vorbei, er sah in den Fenstern ein Gewoge von Köpfen und schwingenden Armen und beeilte sich.

Das Zelt war offen. Die kleine Bootslaterne, die sie mitgenommen hatten, hing an der hinteren Zeltstange und verstreute den matten Glanz eines Stundenlichts. Auf einer der beiden Schlafstellen lag Arnold, er hatte eine Hand unter den Kopf gewinkelt, mit der anderen hielt er eine Zigarette über sich. Es roch nach Rauch und dem feuchten Zeltstoff. Arnold rührte sich nicht, er lag wie unbeteiligt, an allem unbeteiligt da. Robert trat ins Zelt und schüttelte sich. Er war durchgefroren.

Hallo Arnold, sagte er. Er kramte aus einer Ecke ein Handtuch hervor und trocknete sich ab.

Ich bin wahnsinnig weit hinausgeschwommen.

Arnold schwieg. Robert suchte in dem trüben Licht nach etwas zum Anziehen.

ENTZWEIT

Einen Stein hob Krum auf und warf ihn in eines der mit Draht durchflochtenen Fenster, in dem er steckenblieb und ein weißes Splittermuster erzeugte. Höchste Aufmerksamkeit war erforderlich, um die Folgen zu observieren, und höchste Abwesenheit konnte erforderlich werden, wenn die Folgen sich gegen Krum kehren sollten: und hier begannen die Eigentümlichkeiten. Der Besitzer des Fensters, der es vor Jahren gekauft und anstelle eines klarsichtigen eingebaut hatte und der nun dahintersaß und dagegenstarrte, einfach und bescheiden die Ansicht genoß, die ihm die Aussicht versperrte, fuhr nicht weniger als beunruhigt und nicht mehr als erschüttert von seinem Beobachtungsposten auf: der langjährige, genau zwölfjährige Gegenstand seiner ungestörten Versenkung hatte sich plötzlich als explosibel erwiesen und, wie er annehmen mußte, mit dem Nicht-sein verbündet. Und er kam in zäher Verstandesarbeit dahinter, was sich zugetragen hatte, trauerte erst über die unsystematischen, vom Drahtgeflecht glücklicherweise auf nur wenige Quadratzentimeter beschränkten Risse, wunderte sich über den schwarzen Schotterstein, der mitten in dem aufgeregten Glasgelände zum Vorschein gekommen war, dort so ruhig und gelassen sitzend, als sei seine Bestimmung wie die des Fensters nie eine andere gewesen, als so miteinander verschwistert zu sein, ärgerte sich über den böse tätigen Einfluß von außen, den er nun hinter allem zu ahnen begann, schob seinen Stuhl ans Fenster, bestieg den Stuhl – trotz seinem weit fortgeschrittenen Alter war er von einer erstaunlichen Rüstigkeit –, öffnete oben am Fenster eine Luke und schaute, was er sich seit zwölf Jahren verboten und zu wessen Verhinderung er das Fenster angeschafft hatte, hinaus. Und dort gewahrte er ein schier unbeschreibliches Bild.

Krum stand noch unverändert voller Spannung dem Fenster gegenüber und beobachtete die Folgen seines Steinwurfs. Er kannte den Mann nicht, der seinen Kopf mit ein wenig nach vorn gerecktem Kinn in das Geviert der Lukenöffnung schob, so daß dieser zwischen oberer und unterer und linker und rechter Lukenleiste eingeklemmt war. Er hatte den Mann nie gesehen, der Giorgio Beck hieß und den seine Freunde, als er mit ihnen noch verkehrte, Giorgio genannt hatten, der neunundsiebzig Jahre alt und ehemals ein nicht erfolglos praktizierender Facharzt für Haut- und Geschlechtskrankheiten gewesen war, der in seiner Praxis wohnte und ihre Räume am Tag der Beendigung seiner beruflichen Tätigkeit laut singend mit grauen, kaum lichtdurchlässigen und drahtdurchflochtenen Fenstern ausgestattet hatte. Laut singend aus einem Gefühl neugewonnener Freiheit: denn er hatte sich während seiner langen Berufspraxis das Singen versagen müssen, darin der allgemein für vernünftig angesehenen Übereinkunft zwischen Arzt und Patienten folgend, daß weder der Arzt noch der Patient noch der Arzt und der Patient zusammen noch der Arzt und der Patient jeder für sich gleichzeitig singen sollten. Laut singend ein kleines Lied aus seiner fröhlichen Studentenzeit, das all die verlorene Jugend in ihrer Unbekümmertheit zu enthalten schien:

Wenn dich die bösen Mädchen lokken
soho denke an die Gonokokken
wenn die Mädchen rufen: tu es
soho denke an die Lues.

Er konnte nun singen, wann immer ihn die Lust dazu überkam oder er nichts besseres zu tun fand, und ihn überkam die Lust ununterbrochen, er fand nie etwas besseres zu tun als zu singen, und so sang er Stunde für Stunde morgens und mittags und abends und nachts. So hatte er auch laut singend vor seinem Fenster gesessen, hatte gegen die von den Drahtmaschen muschelartig parzellierte Fensterscheibe angesungen, als plötzlich zwei Handbreit über seinem Kopf der Stein einschlug. Und er sang in seinem Schrecken womöglich noch lauter als sonst, er sang, während er dem Schaden auf die Spur kam, und er sang, während er den Stuhl ans Fenster schob, ihn bestieg und die Luke öffnete, sang schließlich, bis er seinen Kopf in die Lukenöffnung gezwängt hatte und mitten im Vers nach: soho denke – abbrach.

Die Zeitspanne vom Öffnen der Luke bis zum Erscheinen des Kopfes darin war für Krum eine einzigartige Gelegenheit, den Gesang zu hören, und er rechnete ihn zu den am meisten überraschenden, am wenigsten zu erwartenden Folgen seines Steinwurfs. Die letzte Sentenz war von dem schon vorgereckten Kinn mit eigentümlichem Pathos ausgestoßen worden, so daß Krum einen starken Appell an sich fühlte. Und tatsächlich ging er nun einigen Gedanken nach, die unsystematisch sich mit dem Vorgefallenen beschäftigten und mit der Rolle des Gesangs in der Welt: er dachte nach über die Affinität der Gegenstände zueinander, die, wenn sie aufeinander prallten, sich veränderten, über das Leben als den Motor dieser synthetischen Vereinigung und also Krums Mittlerrolle zwischen Sein und Nicht-Sein; über den Gesang, der aus vielerlei Gründen verstummt sein konnte: einmal deswegen, weil der Sänger zu singen aufgehört hatte: seine Lippen bewegten sich nicht mehr. Vielleicht sang er aber, wie es Viele tun, die einem entsprechenden Verbot zuwider handeln, in sich hinein, die Lippen um keinen Millimeter verrückend, während Zunge und Gaumen die anspruchsvollsten Arien tremolierten. Daß Krum nichts hörte, konnte entweder dadurch bewirkt sein, daß das nach innen Gesungene nur äußerst leise nach außen tritt, oder aber dadurch, daß ein gewaltiger Lärm den Gesang, den er hören wollte, verschluckte. Nun herrschte allerdings kein Lärm, den Krum wahrgenommen hätte, aber seinem Gehör mochte er in einem so wenig eindeutigen Fall nicht ohne weiteres vertrauen. Es konnte auch sein, daß der Gesang sich mit allem Lärm ringsum vermischt hatte und nun eine einheitlich klingende Tonmasse bildete, die das Ohr nur als Stille empfangen konnte. Ohnehin würden irgendwann alle Stimmen, Geräusche und Klänge, die noch in der Luft sich unhörbar verteilten, zusammenkommen, Stimmen, Geräusche und Klänge aus Jahrtausenden, und ein einziges, betäubendes Tongefüge über die dürre Welt schreien, endlos. Aller Gesang war dafür nur die Vorbereitung, und so hatte auch dieser Sänger ein Stück zu jener Vorbereitung beigetragen. Irgendwann würde eine einzige Stimme, ein

Wispern sogar, ausreichen, die immer enger aneinanderschlagenden Klänge zum Schallen zu bringen.

So wandte sich Krum wieder dem Stummen zu, der unverändert der Frühlingsluft zusprach, darin ebenso maßlos wie in dem Verzichten auf die allergeringste Bewegung in seinem Gesicht, maßlos wie es sich vielleicht für das Alter schickte, das durch die würdevolle Reglosigkeit dessen, was es aufgenommen hatte ober besaß, sich den Anschein desjenigen zu geben versuchte, was es nicht war. Und so kam Krum plötzlich der Gedanke, ob dieser Fremde nicht einfach zu alt war, um noch singen zu können, zu alt, um sich gegen einen Steinwurf zur Wehr setzen zu können, und stattdessen ein Mitleid erregendes Bild der Gebrechlichkeit und Harmlosigkeit darstellen wollte, zugleich aber fürchtete, der nächste Stein könne ihm das Gesicht zertrümmern. Und tatsächlich: Mitleid war es, was Krum immer jämmerlicher empfand, es senkte sich in seine Brust, schlug auf seinen Magen, lähmte sein Herz und stieg zur Lunge aufatmend wieder heraus, und tatsächlich: einen zweiten Stein hob Krum auf und verharrte dann wieder in gespannter Aufmerksamkeit. Giorgio Beck stand mit vorgeschobenem Kinn, so daß die untere Zahnreihe fest auf die Oberlippe drückte und er nur durch die Nase atmete, was seinem Gesicht bei aller Starre einen Anflug von Gelassenheit gab. Von den Leisten der Luke waren seine Ohrwurzeln so abgeklemmt, daß er nichts von dem hörte, was draußen vorging. Er hörte nur das aufgeregte Hantieren seiner Hände und Arme, die um den festsitzenden Hinterkopf tasteten und an der Innenseite des Fensters auf- und absprangen. Die Augen, das einzig Bewegliche in seinem Gesicht, sperrte er weit auf, und er sah das unbeschreibliche Bild, von dem er sich kaum lösen konnte. Er sah die weißen Wolken am Himmel treiben, er sah die Teppichstange, er sah Treppenstufen, die zu einem Haus führten, er sah den kleinen Hund, der an einer Häuserecke schnüffelte, und natürlich sah er den in regloser Aufmerksamkeit verharrenden Krum, der vielleicht anderthalb Meter von ihm entfernt in seinem, Giorgio Becks, verwilderten Vorgarten stand und, ohne es zu bemerken, eine Primel zertrat. Er sah Krum, musterte ihn erst von oben nach unten und dann von unten nach oben, keine Miene verziehend, und sah dabei die zertretene Primel unter Krums Schuh sowie den Schotterstein in Krums Hand und auch den abgetragenen Zustand von Krums Kleidung, er sah das Bahngeleis, das hinter seinem verwilderten Garten vorüberführte, sah das in den Bäumen sich weiß entfächernde Licht der Märzsonne, sah die Vögel, die in dem neuen Jahr Luftschwünge für ihren Auftritt im Sommer übten, aber all das war nicht das unbeschreibliche Bild, das er neben und vor und unter und hinter und über allem sah. Und er hörte so gut wie garnichts. Er sah und er roch. Er roch die sonnige Frühlingsluft, den trockenen Kalk der Hauswand, in die sein Fenster eingelassen war, roch den Eisenstaub der Bahnschienen und roch die von zu langem Tragen etwas muffig gewordene Kleidung Krums.

Krum sah nun, daß das erhöhte Gesicht ihm gegenüber ihn ansah. Giorgio Beck sah, daß das erniedrigte Gesicht ihm gegenüber ihn es ansehen sah. Krum sah nun und begann sich zu wundern, daß sein schweigendes Gegenüber ihn es ihn ansehen sehen sah. Giorgio Beck sah, daß sein in höchster Aufmerksamkeit verharrendes Gegenüber ihn es ihn es ansehen sehen sehen sah. Und Krum sah voll wachsender innerer Erregung, daß das unbewegt ihn anstarrende Gesicht seines Gegenübers ihn es ihn es ihn ansehen sehen sehen sehen sah. So war ein Wettstreit zwischen ihnen entbrannt, bei dem es völlig unentschieden blieb, ob einer von beiden den Sieg davontragen würde. Krum glaubte, daß, wenn nicht er selbst den Sieg davontragen würde, sein aus der Fensterluke stierendes Gegenüber den Sieg davontragen würde, und hob die Hand, in der er den zweiten Schotterstein hielt, über die Schulter. Diese unvermittelte Veränderung in Krums Körperhaltung, die zweite Veränderung, seit er den ersten Schotterstein in Giorgio Becks mit Draht durchflochtenes Fenster geworfen hatte, die erste Veränderung nach derjenigen, die mit dem Aufheben des zweiten Schottersteins verbunden gewesen war, diese zweite Veränderung war für Giorgio Beck ein ebenso unvermittelter Anlaß, einige Zweifel, die über die Bedeutung und die Hintergründe des bisher Vorgefallenen sich seiner bemächtigt hatten, auszuräumen: so bestand für ihn kein Zweifel mehr daran, wer den Stein in sein Fenster geworfen hatte; so zweifelte er nicht länger daran, daß der Mann, der vor ihm stand und den er nicht kannte, in seiner abwartenden armerhobenen Reglosigkeit nicht das geringste Zeichen einer freundlichen Gesinnung an sich trug; er untersagte sich jeden weiteren Zweifel daran, daß der junge Mann nicht jung genug war, um den Schotterstein aus purem Übermut in sein Fenster geworfen zu haben; er hegte keinen Zweifel daran, daß er seit zwölf Jahren in seiner Praxis wohnte, ohne je belästigt worden zu sein, doch auch ohne je sich Gedanken darüber gemacht zu haben, ob seine Praxis möglicherweise nach wie vor Ziel vieler Kranker geblieben war, die den Beistand eines Facharztes für Haut- und Geschlechtskrankheiten benötigten; er überwand den Zweifel daran, daß er die Hilfesuchenden nie wahrgenommen haben konnte, da er die Klingel noch am Abend des letzten Tages seiner Berufsausübung von der Wand gerissen und seither singend hinter seinem Fenster gesessen hatte; er unterdrückte den Zweifel, ob dieser ärgerliche junge Mann die Klingel der Praxis Doktor Giorgio Beck betätigt, daß ihm aber niemand geöffnet und er nun so, mit einem Steinwurf, versucht hatte, auf sich aufmerksam zu machen; und er rottete jeden Zweifel aus, daß der zweite Schotterstein in der Hand des steif dastehenden Fremden nur seinen unerbittlichen Willen bekundete, sich von ihm, Giorgio Beck, in seiner wuchernden Erkrankung helfen zu lassen.

Es war nun an Krum, sich mit dem Gedanken vertraut zu machen, da seit dem Erscheinen des Gesichts in der Fensterluke weder ein Laut daraus noch eine Regung darin bemerkbar gewesen war, ob es nicht einem bereits gestorbenen Leib angehörte, der auf der anderen Seite des Fensters hängen und verwesen mochte. Ob nicht mit dem abrupten Verstummen des Gesangs der Tod eingetreten oder mit dem Eintritt des Todes der Gesang abrupt verstummt war. Oder ob das Gesicht einem losen Kopf angehörte, der von seinem Rumpf getrennt worden war und nun von irgendjemandem in die Lukenöffnung gehalten wurde, um ihn, Krum zu erschrecken. Krum ließ die Hand mit dem Schotterstein sinken und begab sich zum Fenster, den herausragenden Teil des Kopfes aus der Nähe zu betrachten. Giorgio Beck sah voller Unwillen den Unbekannten, der seit vielen Stunden mit nur zwei Ausnahmen vor seinem Fenster gestanden und ihn beobachtet hatte, entschlossen auf sich zugehen. Dann sah er den Unbekannten nicht mehr, der unter ihm verschwunden war, und ergötzte sich an der untergehenden Sonne, die von der Teppichstange in zwei Teile zertrennt wurde, einen unteren glutroten und einen oberen glutroten Teil. Die Sonne wärmte nicht mehr, die Wärme prallte gegen das Rohr der Teppichstange und schlug nur als glutrotes Licht über und unter seine Barriere.

Krum hatte sich bis an das graue Fenster vorgearbeitet und stand mit ausgebreiteten Armen davor. Er hörte hinter dem Fenster irgendwelche weichen Gegenstände wie Nachtfalter gegen das Glas pochen. Dies, so dachte er, mußten Teile des Körpers sein, der zu dem Kopf gehörte. Er bog seinen Kopf in den Nacken und sah die untere Haut von Giorgio Becks gestrafftem Kinn. Er entdeckte darauf eine Vielzahl von älteren und jüngeren Flechten, woraus er auf das hohe Alter des Kopfes schloß. Aber er war zu weit gegangen und zog sich zurück, bis er Giorgio Becks Gesicht im Glanz der Abendsonne über sich sehen konnte. Giorgio Beck konnte nun auch wieder Krum sehen, indem er seine Augäpfel tief auf die Lider herabsenkte. Krum erkannte, daß Giorgio Beck die Augen bewegte, durch die Nase atmete und daß aus seiner Oberlippe, in die die untere Zahnreihe griff, Blut rann. Krum stand nah genug, um einen Finger in das Blut tunken und um sich vergewissern zu können, ob es frisch war. Er schob, schon fast sicher, den Finger in seinen eigenen Mund und war nun aller Unsicherheit enthoben. Krum machte sich auf den Rückweg.

Giorgio Beck beobachtete ihn und die Sonne, die unter die Teppichstange sank. Da flogen Wildgänse herüber, die Giorgio Beck sah und die Krum nicht sah, deren helles Schreien Krum hörte, das Giorgio Beck nicht hörte. Da sauste auf dem Bahngeleis der Zug heran und vorbei mit seiner schwarzen Lokomotive und den hell erleuchteten Waggonfenstern, hinter denen Menschen saßen, die Giorgio Becks Gesicht und Krums Rücken sahen, den Giorgio Beck nicht sah und den Krum nicht sah, der Zug, den Giorgio Beck sah und den Krum nicht sah, die hell erleuchteten Waggonfenster und die Menschen, die Giorgio Beck sah und die Krum nicht sah. Und vorüber waren der Zug und die Wildgänse, und die Sonne, die Giorgio Beck sah und die Krum nur im Gesicht Giorgio Becks und im dunklen, drahtdurchflochtenen Fenster sah, lag halb versunken und rotglühend hinter der einen Hälfte der Erde. Und natürlich sah Giorgio Beck den schwarz werdenden Himmel, natürlich sah er den aufgehenden Mond, natürlich sah er die gelben Wolken, die ihm über das Gesicht wischten, natürlich sah er den weggehenden Krum, der seinen zweiten Stein in die Luft schleuderte, natürlich sah er die prangenden Sterne, aber all das war nicht das unbeschreibliche Bild, das er sah. Und so schloß er die Augen und sang mit Zunge und Gaumen sein höchst belangloses Lied.

ZUR UNTERMIETE

Robert hatte den Herbst und den Winter seines ersten Semesters überstanden. Der Frühling hielt Einkehr in die Stadt. An einem Sonntagabend im März saß Robert in seinem Zimmer zur Untermiete und arbeitete, während draußen vor dem Fenster schon Dunkelheit war und nur noch wenige Stimmen und Laute die Häuserwände heraufhallten, an einem Referat, das sich mit den Eigenarten der Halb- oder Teilparasiten beschäftigen und Mitte der Woche vorgetragen werden sollte. Robert hatte sich lange Zeit nicht um seine Arbeit gekümmert, so daß er jetzt in Zeitdruck geraten war. Das Thema erwies sich zudem als weitläufig und umfangreich. Robert entschied, sich der Mistel (Viscum album) in Stellvertretung für alle anderen Teilparasiten beschreibend zu nähern und nur summarisch auf die Unterschiede oder Besonderheiten der anderen Familien einzugehen. Er notierte sich deren Vertreter, Rachenblütler, Klappertopf, Läusekraut und Augentrost, für den Nachtrag. Die Mistel, so lernte er, hatte eine merkwürdige Form der Verbreitung, indem sie weiße Scheinbeeren ausbildete, die in klebrigem Brei den Samen enthielten. Wollten nun Vögel davon essen, so pickten sie die Beeren und rieben, wahrscheinlich nicht ohne Ekel, ihre Schnäbel an der Rinde des Baumes ab. Dort keimte der Samen aber nicht sogleich, sondern erst im späten Frühjahr, wenn die Tage länger wurden. Denn außer der Wärme brauchte der Mistelsamen viel Licht.

Dies schrieb Robert auf, als es an der Zimmertür klopfte und herein der Sohn der Wirtin schaute. Ein Mann von weicher Statur und mächtiger Leibesfülle, den Robert bis dahin kaum mehr als zwei- oder dreimal gesehen hatte. Ein spärlicher Bart wuchs ihm im runden Gesicht, und er sah Robert mit einem Blick an, als ob es ihm nicht sonderlich naheginge, daß er diesen aus seiner Arbeit aufstörte. Gleichwohl fragte er:

«Störe ich Sie?»

«Nein», sagte Robert erstaunt und ohne weiter nachzudenken, denn noch befand er sich bei der Mistel auf dem Baume.

«Dann darf ich Sie bitten, für ein paar Minuten mitzukommen», sagte der Sohn.

«Ja», sagte Robert und erhob sich von seinem Tisch. Er wußte, daß der Sohn ein geschickter Handwerker war, und hatte ihn, der bereits verheiratet war und nicht mehr hier wohnte, die wenigen Male gesehen, wenn er für seine Mutter im Haushalt etwas reparierte oder neu anbrachte. So, während Robert ihm durch den Flur folgte, dachte er auch jetzt, daß der Sohn bei irgendeiner technischen Arbeit seine Hilfe benötige.

Die Wohnung bestand neben seinem eigenen Zimmer und neben der Küche und dem Bad aus drei Räumen, einem Schlafzimmer, das tagsüber, während die Vermieterin nicht zu Hause war, verschlossen blieb, und zwei nebeneinander liegenden, offenen Räumen, die gleichsam ineinander übergingen und einen großen Wohnraum bildeten, der mit seinen Fenstern gen Süden lag. Robert hatte einige Male die Abwesenheit seiner Vermieterin dazu genutzt, unbemerkt mit einem Buch sich dort niederzulassen, um ein wenig Sonnenlicht zu schöpfen, das soviel klarer und wärmender war als das elektrische. Sein Zimmer ging zur dunklen Seite hin, so daß er immer nur im Schatten saß und diese seltenen Vor- und Nachmittage wie eine Erfrischung genoß. Er erlaubte sich dies nicht zuletzt, weil alle Räume (bis auf das besagte Schlafzimmer) offen standen und die Vermieterin trotz ihres Alters und ihrer Einsamkeit eine großzügige Person zu sein schien. Sie lebten in gutem Einverständnis, so daß Robert sich sogar des Abends hin und wieder aus ihrem Küchenschrank eine Flasche Sodawasser entlieh, die er aber am nächsten Tag sogleich durch eine neue ersetzte. Selbst wenn sie dies bemerkt haben sollte, so schwieg sie dazu und fand es, zumal er ihr nichts schuldig blieb, nicht der Rede wert.

Sie traten nun ein in das hintere der beiden Zimmer, aus dem der Sohn einen Stuhl fortnahm und ihn einer Gruppe von Menschen gegenüber stellte, die sich auf mehreren Sitzgelegenheiten in der vorderen Hälfte der Räumlichkeit befanden und Robert aufmerksam betrachteten; eine Gruppe von fünf oder sechs Personen, die fast ausnahmslos dem Alter der Vermieterin zugehörten, außer einer jungen Frau, die neben ihr saß. Die Vermieterin war sichtlich verstört in ihrem Sessel eingesunken und sah starr unter den Tisch.

Robert wurde es bei dem Anblick dieser Sitzverteilung und der gespannten Gesichter der Anwesenden unwohl zumute.

«Guten Abend», sagte er dennoch. Ein argloser Gruß mochte die dumpfe Stimmung, mit der man ihn empfing, aufhellen. Und tatsächlich huschte etwas wie begrüßende Freundlichkeit über die Gesichter.

«Nehmen Sie hier bitte Platz», sagte der Sohn, der als einziger sich nicht zu der Gruppe gesellte, sondern seitlich zu Robert sich auf einen Sessel setzte. Die Höflichkeit seiner Rede fand keineswegs in seiner Stimme und seinem Benehmen Ausdruck, die vielmehr nüchtern und bestimmt waren. Für eine Weile herrschte Schweigen ringsum, eine betreten enge Stille, deren Mittelpunkt Robert war und die nur einmal von einem der Teilnehmer unterbrochen wurde, als er hinter gebeugter Hand kurz hustete. Robert war in seinem Innern tief erregt, denn obwohl er keinen klaren Gedanken fassen und sich nicht mit Vernunft erklären konnte, welche Bewandtnis es mit der Versammlung hatte, so spürte er wohl die feindselige Atmosphäre. Kaum konnte er all die Blicke erwidern oder ihnen gar standhalten, mit denen die Fremden seine Erscheinung begutachteten. Zu der Hilflosigkeit seines Schweigens und Erstauntseins kam der nachlässige, beinahe zerrüttete Zustand seiner Kleidung, da Robert für diesen Sonntag nicht geplant hatte, irgendeinem Menschen zu begegnen. Er trug sein altes grünrot kariertes Hemd, das ausgedünnt und an vielen Stellen zerschlissen war, seine ihm viel zu kurze Leinenhose, durch die seine Knie schimmerten, und an den Füßen die vollständig zertretenen Wollhausschuhe, die den Vergleich mit bloßen Strümpfen gescheut hätten. Dieser Anputz, dazu sein ungekämmtes, ungepflegtes Haar, mochte den einen oder anderen der Gesellschaft gegen ihn einnehmen.

Doch nahm Robert auch wahr, daß jene junge Frau, die neben seiner Vermieterin saß und die er für die Ehefrau des Sohnes hielt, bei dem folgenden Gespräch ein wenig Nachsicht, Mitleid für ihn vielleicht, in den Augen hatte. Ihr gegenüber erschienen die alten Vogelgesichter der übrigen Anwesenden in einer geradezu gehässigen Anteilnahme. Der Sohn begann zu sprechen.

«Meiner Mutter», sagte er, «sind in der letzten Zeit einige Dinge aufgefallen. Darüber wollen wir mit Ihnen reden.»

Indem Robert dem Sohn zuhörte, vergaß er für eine Zeit die würdelose Bedrängtheit seiner Lage, schaute aber dennoch schräg an diesem vorbei zu seiner Vermieterin, die noch unverändert still und kümmerlich in ihrem Sessel lehnte und jetzt mit kurzen Blicken auf Robert sah.

«Sie meint», sagte der Sohn, «hier sei einiges zu lasch gehandhabt worden. Meine Mutter kam vorgestern nach Hause und ihr Radio war fort.»

«Ja», sagte Robert. Ihm stieg Blut zu Gesicht. «Ich hatte es mir geliehen wegen einem Konzert.»

«Darum geht es gar nicht», sagte der Sohn ungeduldig. «Sie können es sich wegen wer-weiß-was geliehen haben. Ich weiß auch, Ihr Radio ist kaputt.»

Seine Mutter mußte ihn genau unterrichtet haben. Robert nickte. Sein Radio war seit ungefähr einem Monat nicht mehr spielbereit. Ein Draht im Netzteil war durchgebrannt. Er schämte sich zutiefst, daß eine so winzige Angelegenheit vor einem offenbar eingeweihten Publikum verhandelt wurde.

«Aber wenn man sich so etwas leiht, fragt man vorher um Erlaubnis.»

«Ihre Mutter war abwesend», sagte Robert zaghaft und schaute zur Vermieterin hinüber, die keine Anstalten machte, am Gespräch teilzunehmen. Er war in der eigentümlichen Verlegenheit, nicht zu wissen, mit wem er reden sollte. Denn einerseits sprach der Sohn, doch andrerseits sprach er von seiner Mutter und über Dinge, die eigentlich mehr sie und Robert als ihn angingen. Doch war ja deutlich, daß sie ihren Sohn damit beauftragt hatte und auch alle anderen, die wie zu ihrem Schutz und ihrer Glaubwürdigkeit in dem Raum saßen und mit ihrer stummen Parteinahme Robert allen Mut nahmen, überhaupt etwas zu entgegnen.

«Ich weiß», sagte der Sohn. «Das gibt Ihnen aber kein Recht, hier Dinge zu nehmen. Und das ist ja nicht alles. Es sind auch früher einige Flaschen Sprudelwasser verschwunden.»

«Die Flaschen habe ich immer ersetzt», warf Robert ein.

«Ich verstehe das», sagte der Sohn großmütig, «wenn Sie Durst haben und wollen meine Mutter nicht mehr stören. Aber dann können Sie wenigstens einen Zettel hinterlassen, auf dem das steht. Oder ist das zuviel verlangt?»

Scham stieg wieder in Robert empor. Alle starrten ihn an. Sie schienen von ihm eine heftigere Reaktion, ein größeres Wort der Verteidigung zu erwarten. Doch er verhielt sich still.

«Und woher wissen Sie eigentlich, daß hier in diesem Zimmer Sonne ist?» fragte der Sohn. «Meine Mutter hat hier nämlich verschiedene Dinge bemerkt. Der Sessel war verrutscht. Die Zeitung lag plötzlich woanders. Der Tisch war verklebt.»

«Ja. Verzeihen Sie vielmals.» Robert wandte sich hilflos an die Vermieterin, selten war sein Mund ihm so bitter gewesen.

«Ich verstehe», sagte der Sohn, «wenn Sie mal Sonne haben wollen. Aber Sie haben hier in diesen Räumen nichts zu suchen.»

«Ja», sagte Robert, «ich habe hier einmal gelesen...»

«Meine Mutter ist jetzt unsicher geworden.»

«Ich versichere Ihnen, es kommt nie mehr vor.» Robert wußte nicht, was man von ihm verlangte, was er tun sollte.

«Ja, was heißt das», sagte der Sohn. «Hier auf der Tischdecke sind Brandlöcher.»

«Das kann ich mir nicht vorstellen», sagte Robert. «Ich habe hier nie geraucht.»

«Von mir sind sie nicht», sagte der Sohn, als hätte Robert ihn verdächtigt, der er schon überführt war. «Meine Mutter hat sie mir gezeigt und auch noch anderes. Sie sind doch großzügig hier aufgenommen worden.»

Robert nickte. So des Wohlwollens unwürdig hatte er sich erwiesen. Ein kleiner Gauner, saß er da, eines mutigen Verbrechens nicht fähig, sondern in niedriger Häuslichkeit seine Machenschaften treibend. Doch jetzt entlarvt.

«Sie haben ja auch immer Ihre Miete bezahlt.»

Robert wollte eine neue Decke kaufen und zeigte dadurch nur, wie gänzlich ehrlos er war.

«Es geht ja gar nicht um die paar Mark», sagte der Sohn. «Sie sind doch ein intelligenter Mensch. Was haben Sie hier überhaupt zu suchen?»

Robert schwieg.

«Sie haben hier nichts zu suchen. Diese Räume sind für

Sie tabu. Meine Mutter vermutet hier verschiedene Dinge. So geht das nicht. Sie wohnen in Ihrem Zimmer, und alles andere geht Sie nichts an. Und jedenfalls werden Sie sich bis zum Dreißigsten eine neue Wohnung suchen müssen.»

Robert war um jede Regung verlegen, konnte nichts mehr sagen, war erschlagen vom Hammer der Gerechtigkeit.

«Bis dahin werden die Räume hier verschlossen, wenn meine Mutter nicht im Hause ist. Und wenn Sie dann eindringen, ist das ein gewaltsamer Einbruch.»

Ein Gauner konnte sich ja entwickeln, wurde leicht kriminell, ein kleiner Verbrecher, der Türschlösser aufbrach, damit er zum Lesen Sonnenlicht bekam.

«Ja, natürlich», sagte Robert und stand auf von seinem Stuhl. Ohne daß er von irgendjemandem ein Zeichen erhalten hatte, empfand er das Gespräch oder Verhör als beendet. Gleich folgten seiner Bewegung die Gesichter der Leute, schauten ihn an und wurden lebendig. Sie hatten geschwiegen und schwiegen immer noch, doch schon begannen sie sich zu räuspern und lauter zu atmen, so daß es Robert schien, sie hätten die ganze Zeit atemlos gesessen. Er beugte seinen Kopf ein wenig und ging durch das hintere Zimmer hinaus. Da rief der Sohn ihm noch einmal hinterher.

«Und räumen Sie Ihr Zimmer auf, falls Interessenten kommen. Das ist so üblich.»

«Ja, natürlich.»

Das war üblich, er schloß die Tür. Er fühlte sich schuldig, unschuldig. Er ging in sein Zimmer zurück. Auf dem Schreibtisch lag sein angefangenes Referat. Dafür hatte er keinen Sinn mehr. Er ging und sah in die laternenbeleuchtete Nacht hinaus. Ihm sollten sie nicht zweimal sagen, daß er zu gehen hätte. Er würde eine neue Wohnung suchen. Abends am Bahnhof Zoo die Ausgabe der neuen Zeitung erwarten, Annoncen studieren, durch die Stadt fahren hin und her, abgewiesen werden, tagelang, von einer Mausefalle zur nächsten. Plötzlich, als er diese Zukunft vor sich sah, begann Robert sich zu fürchten.

EMPFÄNGNIS

Maria Blum war eine junge Frau von dreiundzwanzig Jahren, von kräftiger Statur und nahezu schwerfälliger Gesundheit, mit strohfestem hellen Haar, das ihr einfach und kurz um den Kopf geschnitten war. Sie hatte kaum Augenbrauen oder vielmehr zwei dünne, durchsichtige Sicheln, die sich rund in ihre Stirn hoben und ihren großen grauen Augen ein lustig verwundertes Aussehen gaben. Sie war eine auffällig blühende Frau, aber ihre Blüte war, wie bei manchen Blumen in dunstigen Sommern, zu prachtvoll und zu schwer geworden und lastete wie ein trostloses Glück auf ihr.

Maria lebte mit ihren Eltern zusammen in einer Bürgerwohnung mitten in einer der alten Straßen der Stadt. Das Haus hatte mächtige Erker und hohe, von eisernen Ranken geschmückte Fenster und eine Eingangstüre, in die mit gläsernen Dreiecken ein buntes, flammenähnliches Ornament eingelassen war. Die Eltern hatten, seitdem die Mutter aus dem Schuhgeschäft entlassen war und nur noch der Vater als Schreiber im Kontor des Kohlesyndikats ein knappes Einkommen verdiente, kaum Geld, um die Miete zu zahlen. Deshalb mußte Maria, da nun die kalte und nasse Jahreszeit war, wöchentlich die große Eichentreppe, ein Prunkstück des Hauses, vom zweiten Stock bis zur ebenen Erde spänen.

Abends saßen sie um den schnarrenden Volksempfänger und hörten Nachrichten. Konrad Blum, Marias Bruder, war als Kommandant eines Flugboots in Rostock stationiert. Er hatte Befehl über dreizehn Männer, und einer von ihnen, Hermann-Josef Kuzorra, war Maria zugetan. Von ihm hatte sie ein Bild, verwegen lachend mit Fliegermütze.

Es war ein Abend im November 1944, in der Küche der Blumschen Wohnung befanden sich Maria und ihre Mutter. Der Winter war kalt, aber noch war kein Schnee gefallen. Durch das Küchenfenster drang graues Licht herein, so daß die Gegenstände, wenn sie einmal Glanz besessen hatten, ihn in dieser Stunde verloren.

«Ein Wunder, daß es noch fließendes Wasser gibt», sagte Maria. Sie stand über das Abwaschbecken gebeugt und wärmte sich die Hände in der heißen Lauge.

«Es ist ein Glück», sagte die Mutter. Sie saß im Sessel und strickte. «Viele haben nicht einmal das. Wir müssen dankbar sein.»

Die Mutter sprach in einem Ton der Belehrung, ohne aufzuschauen. Maria kehrte ihr den Rücken zu, aber sie wußte, wie die Mutter ungerührt dasaß, das graue Haar zum Knoten gebunden, den alten Kopf gebeugt über dem Strickzeug, als beaufsichtige sie das Uhrwerk ihrer Hände.

«Der Krieg wird vorübergehen», sagte Maria. Sie hob aus dem trüben Wasser einen Teller in die Höhe. «Herr Fink meint, wir stehen kurz vor dem Zusammenbruch.»

Zusammenbruch war ein seltsames Wort. Es klang so, als wenn der Teller ihr im Augenblick aus der Hand fallen müßte, auf dem Boden zerspringen und ihn durchschlagen, und alles würde hinunterrutschen, sie, ihre Mutter, mitsamt dem Sessel, sie würden auf dem Boden der darunter liegenden Wohnung aufprallen, dort ein Loch reißen, das ganze Haus würde zusammenstürzen. Maria sah den formlosen Schatten ihres Gesichts und stellte den Teller ins Abtropfbecken.

Herr Fink war der Hausverwalter, ein Mann mit vorgewölbter Stirn, der Maria beim Spänen der Eichentreppe zusah und ansonsten seine Meinungen vom Krieg mitteilte. Maria haßte das Spänen. Erst am Morgen hatte sie wieder die beiden Stockwerke, Stufe für Stufe, bearbeitet, die Eisenspäne gestreut, mit dem rechten Fuß ihr Gewicht auf den Filzlappen gestemmt und aus der Hüfte, Stufe für Stufe, das Holz ausgeschabt.

«Was wohl aus den Soldaten wird, wenn wir den Krieg verlieren?» fragte sie.

«Ach, Kind, sie können sich entweder zu uns retten oder sie kommen in Gefangenschaft», sagte die Mutter mit angestrengter Stimme.

«Gefangenschaft» wiederholte Maria tonlos und nahm einen neuen Teller. «Ob sie uns von dort schreiben können?»

«Es ist schon ein Segen, wenn sie überleben.»

«Herr Fink meint, der Postverkehr ist zusammengebrochen.» Maria dachte an Hermann-Josef, von dem sie seit vielen Wochen keine Nachricht mehr erhalten hatte. Sie waren nicht oft zusammen gewesen. Maria kannte die Eltern Kuzorra. Sie hatten in der Kasernenstraße gelebt, bis ihr Haus bei einem Fliegerangriff zerstört worden war. Jetzt waren sie evakuiert, in ein Notlager auf dem Land. Auch von ihnen hatte Maria lange nichts gehört.

«Herr Fink redet viel, wenn der Tag lang ist», sagte ihre Mutter.

Doch die Tage waren kurz, eingefangen in eine dunkle Kälte. Maria begann abzutrocknen, als ihr Vater kam. Er war schmächtig geworden und hatte nur noch wenig Haare. An diesem Abend lief er gleich zu seiner Frau und küßte ihr abwehrendes Gesicht, und er küßte auch Maria. Auf dem Heimweg hatte er den Bauern Klimbt getroffen, der sein Land östlich der Stadt bestellte. Der hatte ihm einen Zentner Kartoffeln versprochen. Und Maria sollte am nächsten Morgen eine Kanne Milch bei ihm holen. Ihr graute vor dem weiten Weg.

Der Himmel war noch schwarz, und auf der Straße lag eine blinkende Schicht von gefrorenem Reif. Am Weg stand die Kirche, die Maria jeden Tag aufsuchte, um für Hermann-Josef und ihren Bruder zu beten. Immer wieder war in der Nachbarschaft zu hören, daß dieser und jener gefallen sei, darunter Männer, die sie gekannt hatte. Ihr Vater mußte mit dem Zug zum Kontor fahren, er ging weiter zum Bahnhof. Maria trat in die Kirche.

Die Kirche war nur von Frauen besucht. Es roch nach den schwarzen Kleidern der Greisinnen. Maria kniete sich zu ihnen in eine Bank. Der Priester las aus dem Buch: *In jenen Tagen sprach der Herr zu Achaz: «Fordere dir ein Zeichen vom Herrn, deinem Gott, es sei in der Tiefe unten oder oben in der Höhe.» Da sprach Achaz: «Ich will keines fordern und den Herrn nicht versuchen.» Da sprach er: «So höre denn, Haus David, Ist es euch zu wenig, daß ihr Menschen zur Last fallet, da ihr auch meinem Gott zur Last fallet?*

Daher wird der Herr selber euch ein Zeichen geben: Seht, die Jungfrau wird empfangen und einen Sohn gebären, und sein Name wird sein: Emmanuel. Milch und Honig wird er essen, bis er das Böse zu verwerfen und das Gute zu erwählen weiß.» Der Gesang, den der Priester nun anstimmte und in den die Frauen einfielen, durchströmte Maria wie warmes Licht. *Gegrüßet seist du, Maria, voll der Gnade, der Herr ist mit dir; du bist gebenedeit unter den Weibern und gebenedeit ist die Frucht deines Leibes: Alleluja.* Nachdem sie einer unbekannten Frau Frieden gewünscht hatte, erhob Maria sich rasch und eilte dem Ausgang zu.

Das Morgenlicht fiel grau in die Straße. Auf der gegenüberliegenden Straßenseite öffnete der Händler Ribbentrop seinen kleinen Eckladen. Er nickte ihr freundlich zu.

«So früh schon auf den Beinen», rief er herüber.

Zum Stadtrand hin gab es Straßenzüge, in denen nur noch wenige Häuser standen. Es war ein räuchernder Geruch in der Luft, ein Geruch von erloschenem Feuer. Hier und da ragten Trümmer aus dem Schutt hervor, Felsen von spitzer und roher Gestalt, über die noch Tapetenmuster leckten. Maria sah eine Frau, die, ein Kopftuch umgebunden, von einer Höhe kletterte und ein heil gebliebenes Waschbecken als Beute beiseite schleppte. Maria nahm den Weg über die Felder. Der Boden war gefroren, und leblos lag das Land. Inmitten der Einöde tauchte eine Vogelscheuche vor ihr auf, ein einsamer Bettler. In leeren Hosen, zerrissener Jacke stand er da, Strohfransen unter dem löchrigen Hut. Die Armstecken hatte er weit ausgebreitet, als wollte er die Luft umarmen. Maria empfand Mitleid mit dem armen Kerl, der nicht einmal die Freundschaft der Vögel kannte.

Der Bauer erwartete Maria. Er führte sie in die Küche und gab ihr einen Becher heiße Milch.

Die Zeiten waren schlecht, so hörte Maria ihn sagen. Er war allein auf dem Hof.

Er sah Maria beim Trinken zu.

Die Bäuerin war seit Tagen fort. Sie war beim Schwager. Der lag im Sterben. Und die Schwägerin war schwanger. So hatte das Leben ein Ende, und so ging das Leben weiter. Der Herr hatte es gegeben, der Herr hatte es genommen, da hatte keiner zu fragen. Er, der Bauer, hätte eigentlich im Krieg sein müssen, aber ihn konnten sie da nicht brauchen. Er hatte es mit dem Kreuz, Gott sei Dank. Das war so wahr wie er jetzt vor ihr stand und sie vor ihm saß und die Milch trank. Sie war eine schöne junge Frau geworden, Maria. Das hatte er aber gleich gesagt, daß aus ihr mal sowas werden würde. Er kannte sie ja noch, als sie so klein gewesen und an der Hand von der Mutter hergekommen war, ein ganz kleines Ding. Schon damals hatten sie Milch geholt, weil die Milch in der Stadt so teuer und das Geld so wenig wert gewesen war. Auf ihn hatte man sich immer verlassen können. Stimmte das vielleicht nicht? Er hatte einen Namen in der Gegend. Wäre sonst der Vater gekommen? Nein, er wäre nicht gekommen. Der Vater war ein kluger Mann. Er bekam auch einen Sack Kartoffeln. Und was für eine schöne Tochter er hatte. Wollte sie noch Milch? Eine junge Frau brauchte gut zu essen und zu trinken. Da kannte er sich aus. Er mußte sie immerzu ansehen. Er war ja einsam auf dem Hof und freute sich über ihren Besuch. Da hatte er mal Abwechslung. Oder wollte sie einen Schnaps? Das war eine gute Idee, er holte jetzt gleich den Schnaps. Das war guter

Kartoffelschnaps, selbst gebrannt. So guten gab es eigentlich gar nicht mehr. Der wärmte auf. Aber in der Küche war es sowieso warm. Die Bäuerin war nicht zu Hause. Wenn sie keinen Schnaps wollte, er trank jetzt jedenfalls einen. Das tat gut. Wollte sie nicht doch einen Schluck? Sie brauchte nicht scheu zu sein. Die scheuen Menschen hatten meistens etwas zu verbergen. Die mochte er nicht. Denen wollte er nicht in die Seele sehen. Da war nichts Gutes drin. Sonst hätten sie es ja auch zeigen können. Aber Maria war nicht scheu, das sah er ihr an. Sie war einsam, das verstand er. Er war auch einsam. Die Männer waren im Krieg, und die jungen Frauen hatten ihre Geheimnisse. Da war es doch gut, daß sie wenigstens den Bauern hatte. Der hatte nämlich ein großes Herz. Da konnte sie jeden fragen. Darauf hielt er sich was zugute, darauf trank er. Wo war er stehen geblieben? Beim Krieg. Alle redeten vom Krieg. Er wollte mit keinem tauschen, der jetzt an der Front lag. Das konnte sie ihm glauben. Beim ersten Krieg hatte er noch mitziehen wollen, weil alle so begeistert waren. Er war auch begeistert gewesen. Warum auch nicht, ein junger Mann suchte das Abenteuer. Aber sie hatten ihn nicht haben wollen. Jetzt auch nicht, das war ein Segen, für den er jeden Morgen Gott auf den Knien dankte. Wenn er an seinen Schwager dachte, irgendwann holte es jeden. Die jetzt an der Front lagen, von denen kam keiner mehr zurück. Er hatte mit welchen gesprochen, die dabeigewesen waren, und es war ein Bluten und Sterben ringsum wie im Schlachthof, das konnte man sich gar nicht vorstellen. Es wurden ja viele Märchen erzählt. Alle redeten vom Krieg, und keiner kannte ihn genau. Da glaubte er noch lieber, was er mit eigenen Ohren hörte.

Und jetzt Schluß mit dem Krieg. Das war ja kein Gespräch für Maria. Sie war gekommen, und er war froh darüber. Wollte sie nicht mal aufstehen, nur so zum Spaß? Damit er sehen konnte, wie sie wirklich aussah? Das wollte er. Im Sitzen war sie so zusammengekauert. Sie brauchte keine Scheu zu haben. Hier sah sie ja niemand. Es blieb unter ihnen beiden, ein Geheimnis. Ja, sie sollte ruhig mal aufstehen. So war es brav. Er würde ihr nichts tun. Angst brauchte sie vor ihm keine zu haben. So schön war sie. Oder hatte sie Angst? Zitterte sie? Es war doch so warm in der Küche, daß man es kaum in den Kleidern aushielt. Sie hätte eben doch einen Schnaps trinken sollen. Der hätte sie aufgelockert. Seiner Frau hatte er auch Schnaps gegeben. Wie die sich angestellt hatte. Aber so waren junge Frauen nun mal. Wie junge Kühe, die zum erstenmal zum Bullen kommen. Da mußte er ja lachen. Als wenn er einer Frau was antun würde. Er wollte nur mal sehen, wie sie wirklich aussah, wie schön sie war. Sie sollte doch mal ihren Pullover ausziehen. War sie noch nie mit einem Mann zusammengewesen? Da war doch nichts dabei. Das lernte jede einmal. Seine Frau hatte sogar geweint. Ja, und nun weinte auch Maria? War er denn ein Unmensch? Das sollte sie nur ja nicht sagen. Sie war wunderschön. Er wollte sie nur wirklich ansehen, das stand ja schon in der Bibel, die kannte sie doch, das war das Natürlichste von der Welt.

Der Bauer besudelte ihr Kleid. Maria war einen Augenblick starr vor Ekel. Dann riß sie sich los und rannte zur Tür hinaus. Sie rannte über das Feld den Weg zurück, den sie gekommen war. Immer spürte sie einen dumpfen Atem im Nacken. Sie heftete ihren Blick auf den Boden, damit sie in den Furchen nicht stolperte. Da stellte sich ihr ein Mann in den Weg, und sie erschrak. Das mußte der Bauer sein, er hatte sie eingeholt, um sie zum Hof zurückzubringen. Sie schlug sich gegen den Kopf und wollte weinen. Doch dieser da sah ganz anders aus, er hing schräg in der Luft und blähte sich. Er schwebte mit seinen bloßen Armen über der Erde und rief sie aus der Höhe an. *Gegrüßest seist du, Maria, du bist gebenedeit unter den Weibern.* Er schwankte wie ein Sack in der Luft, während er rief. Maria wunderte sich. Wie geht das zu, wollte sie fragen. *Gebenedeit ist die Frucht deines Leibes.* Maria mußte fast lachen über seine Gestalt und seine Worte. Durfte sie glauben, was er ihr ansagte? Oder machte er sich lustig über sie? Es geschahen Wunder. Sie war die Magd des Herrn. *Gebenedeit, du bist gebenedeit.* Sie ging in tiefer Verwirrung weiter. Er rief ihr hinterher.

Die Kirche war nicht verschont geblieben. Die Mauern standen noch, aber sie hielten sich nur mit Mühe. Das Dach war eingestürzt. Das Kirchenschiff, von Trümmern freigeräumt, lag unter freiem Himmel. Die Fenster waren herausgeplatzt und notdürftig mit Brettern vernagelt. Es wurde eine Messe gelesen. Die Orgel, unversehrt, sandte ihre dröhnenden Gesänge hinab. Statt der Kerzen waren Windlichter aufgestellt, ein Heer von flackernden Punkten. Die Priester hatten sich ihre Gewänder über die Mäntel gezogen. Es war Winter und dunkelte bald.

Maria war dick gekleidet wie die anderen Frauen. Sie stand unter ihnen und betete. In der frostigen Luft trat allen das Gebet wie ein Schleier aus dem Mund. Zu hören waren die eigenen Worte nicht. Nur die Stimme des Priesters durchdrang die Luft. *Gott, du hast durch die unbefleckte Empfängnis der Jungfrau deinem Sohn eine würdige Wohnstatt bereitet.* Maria sah den Priester als schwarzen Schatten, der zwischen den tanzenden Lichtkreisen hin- und herschwankte. *Nun bitten wir dich: wie du sie in weiser Voraussicht...* Manchmal sprühte über seinen Talar ein kurzer Glanz, der sich wie in Feuer ausschüttete. Ein unsichtbarer Kirchendiener hielt ein Windlicht gegen sein Gesicht, aber da schien nur eine unbewegte Fläche mit dunklen Löchern auf, Augen und Mund. Der Priester trat zur Seite, und ein anderer Mann, ebenso unkenntlich, kam vor und begann zu lesen. *Der Herr besaß mich am Anfang seiner Wege, von Anbeginn, noch bevor er etwas geschaffen hat. Von Ewigkeit her bin ich eingesetzt, von Urbeginn, bevor die Erde ward. Noch waren nicht die Abgründe, und ich war schon empfangen; noch stand nicht der Berge wuchtige Masse; vor den Hügeln ward ich geboren. Noch hatte er die Erde nicht gemacht...* Maria hörte den hämmernden Singsang, und es war, als schlüge jemand ein Eis in ihr auf. Mit jedem Satz wurde ein Stück davon krachend aus dem See geschnitten. Die Flüsse waren in ihr gefroren gewesen, und die Angeln des Erdkreises hatten sich in ihr festgestochen. Nun begannen die Wassertiefen hinter ihrer Brust ganz leise zu schwimmen, und die Quellen stürzten unten aus ihr heraus. Die Frauen um sie herum, angeführt von der Stimme des Priesters, sangen. *Gesegnet bist du, Jungfrau Maria, vom Herrn, dem erhabenen Gott, mehr als alle Frauen auf Erden. Du Jerusalems Glanz, Du Israels Freude, du Preis und Ehre unseres Volkes. Alleluja, alleluja.* Sie hörte das alles mit ungläubigem Schrecken. Aber es gab kein Entrinnen. Sie konnte, das wußte sie wohl, dem Bauern entrinnen, sie konnte der Enge bei ihren Eltern entrinnen, sie konnte sogar dem Tod durch Bomben entrinnen, aber nicht diesen Worten. Helle Glocken erklangen, ein Wirbel zärtlicher Töne. Maria wurde es schwindelig vor Wohllaut, die Glocken schienen in ihrem Kopf zu klingen. Ja, sie trug ein Kind aus, sie war dazu ausersehen, das Wort sollte Fleisch werden durch sie. Da schossen alle Lichter zusammen. Der Priester hob das funkelnde Ciborium in die Höhe und wendete es nach jeder Seite hin. Es war eine Sonne, aus deren schwebender Mitte das blinde Auge der Hostie starrte. Die Glocken klangen wieder. Und während nun alle Frauen sich ins Licht drängten, um das dünne Brot zu empfangen, sprach der Priester: *Ruhmvolles ist von dir, Maria, gesagt: an dir hat Großes getan der mächtige Gott.*

Es war Abend. Die Wehen hatten eingesetzt. Schwester Elisabeth hatte das Fenster geöffnet. Vor dem Gitterwerk stand ein Baum in vollem Laub. Mit einem leichten Luftzug drangen das Klappern von Töpfen und Tellern aus der Krankenhausküche und der wirre Gesang der Vögel herein. Maria spürte an dem heftigen Zerren, das über den gewölbten Bauch zum Rücken griff, daß die Zeit für das Kind nahe war. Sie verstand nicht, daß man sie noch immer in diesem Zimmer liegen ließ, sie nicht in den Kreißsaal brachte, wo sie sich sicher fühlen und die Geburt endlich beginnen konnte. Sie war erschöpft von den Stunden der Angst und des Wartens. Sie wollte nicht das Bild einer unbeherrschten Frau geben, stark und fest wollte sie bleiben.

«Frau Blum.»

Maria spürte ein Zucken.

«Will das Kind wieder kommen?» fragte Schwester Elisabeth.

«Ja», sagte Maria matt. «Ich glaube, es kommt bald. Es tut so weh.»

«Dolorose Schmerzen», murmelte die Schwester, und nach einer Weile fügte sie hinzu: «Weiß denn der Vater des Kindes?»

Maria errötete.

«Es gibt keinen Vater.»

Sie richtete ihre Augen starr an die Decke und zwängte ihre Lippen aufeinander.

«Verzeihen Sie, Frau Blum», sagte die Schwester. «Ich wollte nicht in Sie dringen.»

Sie erhob sich vom Bett und sah auf Maria nieder.

«Machen Sie sich keine Sorgen, Frau Blum», sagte sie. «Wir schaffen das schon. Bald ist alles vorbei, es wird ganz einfach und gut.»

Sie verließ das Zimmer.

Maria lag unbewegt. Vater. Sie hatte das Kind nicht von einem Mann empfangen. Sie wollte an keinen Mann denken. Sie kannte die harten Hände der Männer, ihre nässenden Küsse, ihre haarige Haut. Sie hatte keinen Mann gebraucht, der seinen Körper auf sie drückte. Nein, es gab keinen Vater. Dieses Kind, das sie neun Monate lang von ihrem Herzen genährt hatte, war ihr von Ewigkeit eingeboren, Fleisch von ihrem Fleisch. Sie selbst hatte einen Teil ihres Leibes in ein Kind verwandelt, hatte es im eigenen Schoß zum Leben erweckt.

Maria hielt den Atem an. Ihr Kopf lag nur wenig erhöht, so daß sie ihren gerundeten Bauch nicht sehen konnte. Die Wehen strahlten langsam zu ihr herauf. Ihr Körper wollte sich zusammenkrümmen. Sie stemmte sich mit dem Rücken gegen das Bett und stöhnte. Sie schloß die Augen.

Es klopfte an der Tür, zwei Männer kamen herein. Maria erkannte die beiden Pfleger.

«Wir sollen Sie jetzt holen», sagte einer von ihnen.

«Wo ist Schwester Elisabeth?» fragte Maria schwach.

«Die kommt gleich», sagte der Mann. «Wir müssen jetzt die Bettdecke wechseln.»

Er rollte die Bettdecke von Maria auf und legte sie auf einen Stuhl. Der andere entfaltete ein weißes Tuch und bedeckte Maria damit.

«Jetzt fahren wir Sie zum Doktor», sagte der Mann und hielt die Türe auf. Der andere faßte das Bett am Eisenrahmen und schob es auf den Gang hinaus.

Die Schwester kam auf sie zu und sagte: «Frau Blum, wir wollen jetzt tapfer sein.» Maria ergriff ihre Hand und drückte sie an ihre Wange. «Ach, Schwester», sagte sie, «ich habe solche Angst.» «Wovor haben Sie Angst?» fragte die Schwester und beugte sich mit ihrem Kopf zu Maria hinunter. Maria konnte nicht antworten. «Seien Sie doch vernünftig», sagte Schwester Elisabeth und stand wieder aufrecht. Sie ging neben dem Bett her, während die Pfleger es langsam durch den Gang schoben. Sie legte ihre Hand auf Marias Schulter. «Ganz ruhig», sagte sie. «Seien Sie ganz ruhig. Keiner tut Ihnen etwas.»

Maria wurde in ein kleines, weiß gekacheltes Zimmer geschoben. Der Doktor sagte: «Ah, Frau Blum, da sind Sie ja.» Die Pfleger rollten sie seitlich an eine Armaturenwand. Es gab viele Uhren, Schaltknöpfe und Lichter. Maria war jetzt gefaßt und ruhig. Sie wollte tun, was man von ihr verlangte, wollte alles so leicht wie möglich machen. «Ihre Haare sind ja ganz naß», sagte der Doktor. Schwester Elisabeth hob sanft ihren Kopf und begann mit einem brummenden Apparat, ihr die Schläfen auszurasieren. Dann betupfte sie sie mit einem nassen Tampon. Maria war voller Zuversicht. Der Doktor sagte: «So, Frau Blum, jetzt müssen wir Sie anschnallen, damit Sie keine falschen Bewegungen machen.» Die beiden Pfleger schnallten ihre Arme und Beine an die Eisenstäbe des Bettes. Die Schwester, die hinter ihr stand, hielt ihren Kopf fest. Der Doktor schob ihr einen Gummibalken zwischen die Zähne. «Sie werden sehen, es ist ganz einfach», sagte er. Dann legte er Maria zwei Metallplatten gegen die Schläfen. «So, Frau Blum, jetzt beißen Sie ganz fest», sagte er. Die Schwester drückte ihren Kopf in das Kissen. Jetzt biß Maria, jetzt preßte sie, jetzt kamen wieder die Wehen. Jetzt spürte sie, wie das Kind sich bewegte. Sie preßte und stöhnte vor Glück und Schmerz. Da schlug es in ihrem Kopf wie in einer Glocke. Ein brausender Schall riß sie in die Höhe, dann stürzte sie in den schwarzen Himmel.

AMAZONE UND SATTELMACHER

Sabine war nicht die erste im Stall. Auf dem Vorplatz standen schon die Pferdewagen, von dem Dach der Reithalle flatterten Fahnen und Wimpel. Das riesige Zelt, in dem es zu trinken und zu essen geben sollte, hatte die Eingangsplane schon aufgerollt. Aber Mirko war störrisch an diesem Morgen. Er stand zwar brav in seiner Box und ließ sich auch bewegen, wenn Sabine ihn hinausführte, aber aus irgendeinem Grund war er heute kein Pferd, er war ein bloßer Holzbock auf Rädern, und kein gutes Zureden konnte ihn veranlassen, einmal zu schnauben oder zu wiehern oder auch nur den Nacken zu sträuben. Wenn Sabine ihm die Flanke tätschelte, schlug ihre kleine Hand auf ein Gerippe, und es klang flach und hölzern. Vielleicht sollte sie ihn füttern, vielleicht würde das etwas helfen. So besorgte sie sich einen Eimer und füllte ihn mit Heu. Aber auch das Heu stimmte nicht, es polterte wie Eisenbolzen in den Plastikeimer und machte schrecklichen Lärm. Immerhin sah Sabine, wie Mirko die Ohren anlegte. Was konnte sie tun? Sie stellte den Eimer vor ihn hin und sagte: «Jetzt mußt du fressen, das ist Heu.» Sie glaubte es beinahe selbst nicht, und Mirko, der sonst sehr schön war, ein jugoslawischer Fuchs, sah sie nicht an und sah nicht weg, er stand breitbeinig in dem engen Gehege seiner Box, die Sabine für ihn ausgesucht hatte, und rührte sich nicht. War er krank? Oder war er aufgeregt, weil das Turnier bald begann? Sabine versuchte noch einmal, ihn zu streicheln, und zog enttäuscht die Hand zurück. Dann mußte er eben ungefüttert in die Prüfung gehen.

Die Prüfung sollte um halb elf beginnen. Es war das erste Mal, daß Sabine an einem Turnier teilnahm. Es war eine einfache AC-Prüfung, und sie war als die jüngste Teilnehmerin gemeldet. Sie wollte ihren Sattel aus der Sattelkammer holen, und als sie dort den hohen Rücken des Sattelmachers sah, der sich in seiner Arbeit vor- und zurückbog, wußte sie plötzlich, warum an diesem Morgen alles so fremd war.

Der Sattelmacher stand vor seiner großen, brausenden Maschine, die die Luft abzog, und spritzte Farbe auf die Sättel. Die Sättel lagen wie flache abgezogene Häute auf einem schrägen Rost. Der Sattelmacher hielt eine Spritzpistole in der Hand und erzeugte mit ihr, indem er sie über die Häute hin- und herführte, ein helles zischendes Geräusch, das sich mit dem Brausen der Luftmaschine zu einem Sturm vermischte. Sabine mußte laut rufen, damit der Sattelmacher sie hörte.

«Mirko ist krank», rief sie.

«Was?» rief der Sattelmacher und hielt in seiner Bewegung inne.

«Mirko ist krank», rief sie noch einmal.

«Wieso?» Er wendete sich um und sah sie aus seinem bärtigen Gesicht an.

«Er frißt nicht, und er ist so komisch.»

«Komisch?» fragte er.

«Ja, er ist so steif und frißt nicht.»

«Na, vielleicht weil es so kalt hier oben ist», rief er. «Der Exhauster saugt die ganze Kälte herein.»

«Vielleicht ist er erkältet», rief sie, «und wir müssen den Tierarzt holen.»

«Nein, nein, er ist nicht so empfindlich», rief er und runzelte die Stirn.

«Ich geh ihn jetzt satteln», rief sie.

«Ja, tu das. Ich muß hier weiterarbeiten.» Er kehrte ihr den Rücken zu und begann wieder mit seiner einförmigen Bewegung.

Der Sattelmacher war unnahbar, sie störte ihn nur. Er ging, sowie er zwei Lederhäute fertig gespritzt hatte, mit ausgestreckten Armen die Häute von sich fernhaltend, durch den Raum und hängte sie über Holzrahmen zum Trocknen aus. Er ging an Sabine vorbei, als wenn sie nur ein Hindernis wäre, dem er mit großen und schnellen Schritten ausweichen mußte. Dann spritzte er weiter.

Der Raum roch nach der bitteren Farbe, die noch feucht auf den Häuten glänzte. Das Licht kam aus langen weißen Röhren von der Decke. Sabine hätte sich am liebsten Augen und Nase zugehalten. Die Fenster waren so dick und grau, daß sie nicht hinaussehen konnte. Sie nahm ihren Sattel von der Wand und rief in das Dröhnen der Maschine hinein:

«Ich geh jetzt. Das Turnier fängt gleich an.»

Der Sattelmacher antwortete nicht.

Seine Frau hatte ihm am Frühstückstisch gesagt, daß sie heute zum Arzt müsse und Sabine bei ihm vorbeibringen würde. Manfred hatte ihr nur halb zugehört, er war noch unausgeschlafen oder mit seinen Gedanken bereits im Auto und auf dem Weg durch den kalten Morgen zur Arbeitsstelle. Er packte die Thermosflasche und die zwei Brötchen ein und brach auf. Die Straßen waren noch verlassen und dunkel, und erst an der Kreuzung sammelten sich die weitgestreuten Lichter der Ampeln und der Scheinwerfer. All die Fahrer saßen vermummt und unkenntlich in ihren Fahrgehäusen, hörten die muntere Musik aus den Radios, die munteren Worte des Sprechers: mit euch, die ihr früh aufsteht, beginnt der Tag, mit meinen Witzen beginnt seine Fröhlichkeit, ihr seid Gleiche unter Gleichen, indem ihr alle meine Stimme hört. Der Wald am Stadtrand war noch ungeschieden von den Festen des Himmels. Nur die bleichen Lichter der Fahrzeuge huschten durch die Finsternis, so wurde die Welt geschaffen.

Der Fabrikhof war hell erleuchtet. Manfred ging an den Bürofenstern vorbei, hinter denen die Sekretärinnen saßen und ihm flüchtig zunickten. Die Färberei, in der er arbeitete, war in einem der hinteren Gebäude gelegen. Er öffnete mit einem Ruck die Tür, die in ihrem Rahmen klemmte und über den Boden schleifte. Morgen für Morgen wunderte er sich, daß sie nicht aus ihrer Fassung brach. Dann lief er, zwei Stufen auf einmal nehmend, die Treppe hoch und machte Licht, das zögernd in den Röhren an der Decke aufflimmerte. In einer Ecke des Raums standen, von kniehohen Mauern umgeben, zwei Fässer, in denen Lederhäute gegerbt und gefärbt wurden. In der Mitte stand ein langer, mit Plastikfolie überzogener Tisch, auf dem Haufen von Metallklammern lagen. Neben der Treppe hingen in zwei Schienen siebartig gelöcherte Eisenplatten, auf denen die Häute, die aus dem Faß kamen, ausgespannt wurden.

Doch die Fässer blieben heute außer Betrieb, Manfred arbeitete an der Spritzkabine. Er stellte den Exhauster an, der die giftigen Farbnebel absaugte und den Raum mit einem bebenden Getöse erfüllte. Er übersprühte dünne, weiße Ziegenhäute mit roter Farbe, so daß der Eisenrost zu triefen begann und seine Finger, wenn sie neue Häute ausbreiteten, in die Farbe griffen und überkrusteten. Er mochte seine Arbeit nicht, sie war so einfach und immergleich, daß er sie fast blind ausführen und dabei ganz anderen Gedanken nachhängen konnte. Wieviele Pläne hatte er geschmiedet, während er vor der Maschine stand, wieviele besorgte Fragen gestellt, wieviele Gespräche geführt, Entscheidungen gefällt, aber alles versank in der ausgleichenden Monotonie der Arbeit.

Die Fabriksirene gab das Zeichen zur Frühstückspause. Manfred stellte den Exhauster ab, der röhrend verstummte, und wusch sich die Farbe von den Händen. Da hörte er an der Treppe, die er hinter den Eisenfächern nicht sah, wie die Tür aufgedrückt wurde und über den Boden schleifte. Zur Treppe herauf kam ein kleines Mädchen gelaufen, das laut rief: «Papa, Papa!» Manfred trocknete sich die Hände ab und nahm Sabine aus vollem Lauf in die Arme. Sie schien ausgelassen glücklich, bei ihm zu sein, und warf, als er sie hochgehoben hielt, ihren Kopf hin und her. Ihr folgte seine Frau. Sie hatte sich feingemacht, sie trug hohe, enge Stiefel zum langen Mantel. Erst jetzt erinnerte er sich an ihr Gespräch vom frühen Morgen.

Vor der Reithalle wurden die Pferde warmgeritten. Aus ihren Nüstern schnob dampfiger Atem. Es war ein kalter, betriebsamer Morgen. Die Leute, Besucher und Neugierige, standen dick angezogen und mit heißen Getränken auf den Stufen der Treppe und sahen sich die Vorbereitung an. Aber selbst hier draußen, wo es nach Winterluft und Stall hätte riechen müssen, lag über allem der bittere Geruch der Farbe. Der Exhauster schleuderte ihn ohne Unterlaß zur Sattelkammer heraus. Sabine hörte die strenge Stimme eines Reitlehrers, der letzte Ratschläge gab: «Aufnehmen, ja, komm, komm, der läuft mir noch zuviel.» Und aus einem Lautsprecher hallte der Aufruf: «Nummero Eins, Calderon, zum Einritt, Nummero Eins bitte zum Einritt.» Ein Reiter auf einem Apfelschimmel löste sich von den anderen und ritt zur Pforte. Sabine hätte gern seiner Prüfung zugesehen, doch sie mußte Mirko satteln. Sie war als Nummer Elf gemeldet. Sie lief zum Stall zurück, rief noch einmal im Vorbeilaufen dem Sattelmacher zu: «Es geht gleich los!», aber er hörte sie nicht.

Sie trug den Sattel zu Mirko in die Box und hievte ihn auf seinen Rücken. Mirko war ein Turnierpferd. Er war unzählige Male in die Prüfung gegangen, er kannte die Aufgaben. Aber heute war er fast unlebendig, keine Wärme ging von seinem Körper aus, und selbst als Sabine die Gurte unter seinem Bauch festzog, holte er nicht tief Luft, wie es jedes Pferd tat, sondern blieb steif und willenlos. Sie führte ihn aus der Box auf den Vorplatz, stieg in den Steigbügel und saß auf. Immerhin jetzt, da sie auf gleicher Höhe mit den anderen Reitern war und ihrem Pferd in die Flanken stieß, fühlte sie Leben unter sich. Mirko trottete brav im Schritt und reihte sich in die anderen Pferde ein.

Manfred freute sich, daß seine Tochter bei ihm war. Ihre verwunderten Rufe und die Neugier, mit der sie die ihr fremden Geräte untersuchte, gab seiner Arbeit etwas von der Leichtigkeit ihres Spiels. Er kippte aus einem Farbeimer die rote dickflüssige Masse in den Becher der Spritzpistole und begann erneut, die Häute zu übersprühen, weiße, vom Tierleib geschälte Lappen. An den Narben und Rissen in den Häuten konnte er sehen, welche Tiere geschunden worden waren. An der Unversehrtheit eines solchen kahlen Stücks Leder konnte er das Glück ablesen, das einmal in so einem Tier gewohnt haben mußte. Er sprühte einen roten Saft darüber, zuerst nur einen Schatten und dann, in geduldiger Wiederholung, Fläche für Fläche, den alles besiegelnden Firnis.

Manfred wandte sich zu Sabine um. Sie saß auf einem Holzbock und bugsierte ihn um den langen Tisch herum. Sie sprach ernsthaft auf ihn ein und streichelte über seine Seite. Manfred mußte lächeln. Aber dann, als er die roten Häute zum Trocknen brachte und neue auf dem Eisenrost auslegte, nahm ihn die Arbeit wieder auf. Das weiße Licht drang in seine Augen, der Gesang der Maschine begann ihn zu umfangen, seine Bewegungen wurden wieder genauer und rascher. Nach einer gewissen Dauer war die Arbeit wie ein Flug. Manfred wurde vom Gesang der Maschine wie von einem Wind über die blassen Leder hingetragen. Alles ließ sich vergessen, alle Pläne, alle Fragen, alle Krankheit, schließlich zählte nur noch der warme rauschende Klang und die Bewegung seiner Hände, an denen der Luftsog spielte. So arbeitete er selbstvergessen Stunde um Stunde, Tag um Tag.

Manchmal erwachte er erst beim schrillen Laut der Fabriksirene.

«Numero Elf, Mirko, Nummero Elf zum Einritt!» klang
es aus dem Lautsprecher, und Sabines Herz zog sich zusammen. Sie fühlte sich verlassen. Warum war außer den
fremden Leuten niemand da, um ihr zuzuschauen? Warum
mußte ihre Mutter heute zum Arzt gehen? Warum war der
Sattelmacher so abweisend? Sabine lenkte Mirko aus der
Gruppe der Pferde hinaus. Die Blicke der Herumstehenden
musterten sie, als sie zur Halle ritt. Jetzt war sie froh,
daß sie zu Mirko Vertrauen haben konnte. Auch wenn
er launisch war, so kannte er die Gangarten, und Sabine
spürte seine Gefügigkeit.

Die Halle war hoch und weit. Auf einer Tribüne saßen die
Richter, und vor einem Mikrophon saß der Sprecher, der
sagte: «Einreiten im Arbeitstrab.» Mirko warf locker seine
Beine vor und folgte einem langen Tisch, der auf die Richter
zu führte. In der Ferne, am anderen Ende der Halle, dort,
wo zwei Fässer unbewegt standen, sah Sabine, als sie um
den Tisch bog, drei winzige Reiter in schwarzen Fräcken
auf ihren Pferden reiten. Obwohl sie so weit weg waren,
klangen ihre Stimmen, mit denen sie sich zuriefen oder den
Pferden Anweisungen gaben, nah an Sabines Ohr. Es waren
die anderen Amazonen. Sie ritten, hoch in ihren Sätteln
aufgerichtet, Passagen und Volten. Sie durften keine Miene
verziehen. Und selbst wenn eines der Pferde ausscherte und
im Sprung auskeilte, blieb die Amazone ohne zu schwanken
senkrecht darauf sitzen, als ob dies zu ihrer Übung gehörte.

Gesamtherstellung: Rieder, Schrobenhausen

Printed in Germany